蘭癖《らんぺき》が行《ゆ》く

激動の幕末

鈴木 舜

郁朋社

激動の幕末　蘭癖が行く／目次

装丁／宮田麻希

激動の幕末　蘭癖《らんぺき》が行《ゆ》く

少年時代

一

蝉の鳴き声が雑木林を駆ける二人に降ってくる。四万三千坪の下屋敷、雑木林が切れた台地に腰を下ろすと、左源治は腰の手拭いで顔を拭い、腕も拭った。小姓の荒井安治は、またここですかといった顔で腰を下ろし仰向けに寝転んでしまった。空は晴れ渡り、小さな雲が頭の上に浮かんでいる。

「今日は富士がくっきりと見えるぞ。見事なものだ。左手に見えるのは上総の山並みかな。富士を眺めながら果てしなく広がる世界に思いを馳せると、想像の翼が広がってゆくなあ」

「何かあると若はここへ来て富士を眺めますなあ。この度は何事でございますか」

――そちにはわからんだろうが――口の中でそう呟《つぶや》いた左源治は、大きく胸を広げ、ゆっくりと左から右へと視線を移した。大好きな小鳥の声も聞こえてくる。

「正愛《まさちか》の殿のご婚儀があったろう。いや、堅苦しくて長くて、野育ちのわしには窮屈でたまらなかったぞ。この下屋敷に帰るとほっとするわ」

「何をおっしゃいますか、いずれはこの佐倉藩を背負わなければならないお方のお言葉とも思われません。慣れていただかないと、芳妙院《ほうみょういん》様がお嘆きになります」

――荒井は気楽なことを言っておることだ。わしはいよいよご厄介様を覚悟したというのに。上屋敷はすべてが整い、礼儀正しかった。正愛様は二十二歳、わしは十歳、十五で元服し一人前になるのだが、あの見事なお振舞いがあの年までに出来るだろうか。母と姉とわしは正装した積もりだったが、なんというみすぼらしい恰好だったろう。しかし母上、芳妙院は毅然とした態度で終始していた。姉上のお鉞《えつ》も顔を上げ母上を見習っていた。わしは黙ってじっとしていた。やはりわしにはこの手入れのされていない佐倉藩下屋敷がお似合いなのだ。帰ってきてほっとした。晴れの日でもなかなか姿を現さない富士が今日はくっきりと見えた。またわしの世界に戻ってやるしかない――

気を良くして部屋に戻ると、いつも通りの食事が待っていた。菜の味噌汁に芋の煮っ転がしと香の物。代わり映えのしない食卓だが、母子三人の会話が弾む時間が左源治には楽しかった。食事は母の手作りで、近頃は姉上が手伝い、時に失敗作が出てくる。しかし、それも話題を賑わせる材料だ。召使はいるが、食事は手伝わせない。その芋や野菜も庭の畑を親子で耕してつくっている。母に教えられながら種を蒔き水をやる。畑は母屋の近くの草地にあるが、四万三千坪の庭は手入れがされていないところが多く、様々な草木が生い茂り左源治たちの遊び場になっている。春は梅や桃、そして桜が咲き、蝶が花々をめぐる。夏には雑木林が蝉の鳴き声で賑わい、秋は紅葉と草むらの虫の合唱が嬉しい自然の贈り物だ。落ち葉を踏みしめながら邸外れの台地に上ると、品川の海が広がり、晴れた日は遠く富士山が雪を頂いた優雅な姿を見せてくれる。左に眼を転じると、上総の山並みが江戸湾の彼方に眺められる。秋は柿や栗をお鉞と競って採りあい、母子で味わう季節でもある。

この下屋敷は庭も屋敷も荒れた自然のままで放り出されている。藩も手当の方を忘れている。日々の生活は貧しいものだが、上屋敷ではこうはいかないという。ましてお継ぎ様となると、お付きの者たちに取りまかれ、厳しい躾けや作法で縛られた生活になるとか。家族が遠慮なく話し合えるどころか、親子も礼儀の仲の暮らしになるという。

左源治はこの佐倉藩十一万石、現藩主堀田正愛の部屋住み、いわゆるご厄介様である。部屋住みというのは、藩主が亡くなった時の跡継ぎの候補者である。藩政を行うに足る学問や武芸を磨き、万一に備えるのが役目である。正愛は二十二歳、佐源治の父堀田正時の兄堀田正順《まさあり》の孫である。正順の子正功《まさこと》が早世したため、正功の子正愛が成人するまでの藩主ならと、部屋住みの正時が四十五歳で正順の後を継いだのである。その正時が六年務めて亡くなり、十三歳の正愛がその後を継いだ。その正愛は昨年六月筑前小倉小笠原大膳太夫忠固《ただかた》の女《むすめ》を娶《めと》ったが、今年二月に不縁となった。

「小笠原様が不縁となったのは、何故かご存知ですか」「これは我が藩の恥になるから公《おおやけ》にはしたくないのですが」食事の席で母芳妙院はこう話し出した。

「二十歳になり正愛様が迎えられたご正室ですが、お前たちも知っているように、我が藩のお台所は苦しいですから、切り詰めたお食事をなされたのです。さてそのお食事ですが、毎朝の御膳はいつも薩摩の汁で、お香の物は奈良漬の瓜一舟ずつだったそうです。しかもその瓜を、御両方様《おふたかたさま》は三度の御料に充《あ》てられたそうです。ただ、お台所で漬けた沢庵は瓜の外に添えられていたというお話ですが」

「藩主正愛様の新婚のお食事がですか。信じられません」

お鉞《えつ》が押し殺すような叫びをあげた。

「それで不縁になったのですね」

「いいえ、奥方様は留まりたかったそうですが、ご一緒にこられた侍女が無理やり小倉に連れ戻したというように聞いておりますよ」

「部屋住みのこの邸だけではないのですね。我が藩はそんなに苦しいのですか」

左源治は、誰かに聞かれるといけないとでもいうように声を潜めて聞いた。

「老臣や石高の上の者はそれでもお仲間で宴を開く余裕はあるようです。しかし藩全体の問題ですから、正愛様も何か手立てを考えていらっしゃるようです」

母芳妙院は縁の彼方に広がる雑木林に目をやり、ため息をついた。

「我が藩は、藩士にも禄を割り引く歩引きを行い、正愛殿には無用の出費を抑え、諸事切りつめた生活をなさっておられます。そなたたちの父自性院《じしょういん》様も節約に努められました」

藩主になるということは、良いことも悪いことも全てを引き継ぐということです。そして悪いことは正し、良いことはこれを伸ばしてゆくことです。表情をひきしめると、芳妙院は左源治の顔をじっと見つめた。

二

昨年十月、正愛公の側室に男子が誕生した。左源治も母、姉と共にお祝いに参上した。抱いてあやしながら赤子を指し示した正愛は上機嫌で、左源治のように無事育つようお力をお借りしたいと母に頼んだりしていた。よく来てくれたと正愛は左源治に声をかけてくれたが、「若殿」と声をかけてくれたのは物頭《ものがしら》の渡邊弥一兵衛だけで、左源治様は一段と成長なさいましたと、金井の儀礼的な言葉が僅かな慰めだった。庄田を始めとする老臣たちは左源治に眼もくれず、誰もが正愛と赤子に夢中だったのである。

そして文政三年（一八二〇）のこの五月には、ご正室に出雲松江藩の前藩主松平治郷《はるさとこう》公の女《むすめ》幾千子《きちこ》姫がお輿入れになったのである。

「これでお後は決まりですね。私の出る幕はなくなりました。殿もお元気そうですし、幾千子様にもお子が授かるかもしれません」

左源治は、下屋敷に帰るとこう言って母の顔を見た。十月の若君ご誕生から思っていたことである。赤子が育つのが難しいといっても、医者もついた藩主の子である。半年も過ぎた。もう大丈夫だろう。食事の話題にするのも避けてきたような母とお鉞に、気にしていないと口を切ったのである。

「そうね。お父上のようにいかないみたいで残念ね。でもこれで気楽にのびのびと好きなことが出来るわ。まあこればかりは運任せ。どうしようもないわ。藩主になるだけが決められた道ではないし、そのうちきっといいこともあるわ」

軽い口調で言って、お鉞は婚儀で頂いたお菓子をつまんだ。

「先の筑前小倉藩主の女《むすめ》の話を聞いたのか、幾千子姫には松江藩から毎年五百石の養い料が送られてくるという。我が藩は軽くみられました」

母はそう言うと、断れないのが悔しいと唇を噛んだ。さらに、

「正愛の殿は、左源治に特別の思いがあるようですよ。御父上が兄正順《まさあり》様の後を継がれた時、正統に返すのが当然と正愛様を跡継ぎの養子になさいました。このたびは逆にご自分もそうしたいとの思召しではないでしょうか。いつでしたか、玄関に出られたとき、『左源治の送り出しには、この玄関にては見苦しからん』とおっしゃっていたそうですから」

芳妙院は思い出したというように、そう言うと、左源治を見た。

「それは若君ご誕生の前でしょう。事情が変わったのですから、お考えが変わったとしても当然でしょう。私も、殿が遠慮なく若君に継がせられるよう、坊主にでもなりましょうか。いや、私も父上と同じご厄介様ですから、何かの拍子になれたとしても、一時の仮の藩主にすぎないかもしれません。いっそ菊か何かの花、鳥や犬猫などの動物か何かにでも狂うのも一つの生き方ですね」

左源治はよい思いつきだというように、ふざけた調子で、しかし一寸得意気に言った。

部屋住みの二、三男は、養子先があればその先の主として表の人生を送れる。その道がなければ、学問や武芸で一家を築いたり、医師や僧侶としての道を歩むくらいしかない。芸術や芸能といった特別の才能で評価されればそれはひとつの道だが、芽が出なければこれも一生日陰者で終わるのだ。そしてもしこのままでいるなら、何とか食ってはいけるだろうから、何かの趣味に生きるのも一つの道だ。あれこれと考え、思いついた幾つかを左源治は並べ立ててみた。

「何を馬鹿なことを。何をするにしても、そんないい加減な考えで決めてはなりません。お前には与えられた運命というものがあります。先ずはその中で精一杯頑張ってみることです」

芳妙院は少し慌てたように言うと、口調を改めた。

「ご厄介か藩主か、それは神様がお決めになることです。たとえご厄介でも、そなたたちの父上はお邸中に菊を植え、その中から丹精して将軍家に献上する品を育てられました。藩主としても自性《じしょう》公なればこそのお仕事もなさいました」

芳妙院は何かを思い出すように遠くを見た。

「お父上が何かをなさったのですか」

お鉞が勢い込んで尋ねた。――お待ちなさい――一息いれると芳妙院は話し始めた。

「堀田の祖正盛公の長男正信公の下《もと》、年貢の減免を将軍に直訴した佐倉惣五郎は義民としてお芝居にもなっておりますね」

「それは存じておりますが、ご先祖様がいわば悪役のお芝居ですから、平気で見てはいられませんわ」

お鉞は顔をゆがめた。

「義民佐倉惣五郎、それがお父上と何か関係があるのですか」

左源治は母上には父上との思い出がさぞあるに違いないが、これは一体どんな話かと、たくさんの思い出を抱えているに違いない母上の口元をみつめた。

「お芝居はとにかく、実のところ惣五郎の子孫は刑に処された罪人の子孫扱いで貧しい暮らしをしておったそうです。左源治のお爺さんに当たる堀田正亮《まさすけ》公は惣五郎の百回忌に当たる宝暦二年（一七五二）に戒名を贈り惣五郎を祀りました。これで義民として公に認められたのですが、依然として惣五郎の子孫は貧しい暮らしをしていたのです。これを耳にした自性公は、惣五郎の墓碑を東勝寺に建て、金三百匹を以って法要し、子孫には五石の田地を与えたのです。佐倉藩が惣五郎を義民であったと認めただけでなく、子孫が生活出来るよう手立てをし、手厚く祀《まつ》ったのです。そなたたちの父上はそうしたお方です。心がけ次第で何事かは出来るものです」

芳妙院は二人を仏間に連れていった。

「さあ、お父上、自性院様にお誓いするのです。堀田の名を汚さぬよう、与えられた役目を精一杯果たします。いかなる重きお役目も恐れず我が身に引き受け、どんなとるに足りないお役目でも喜んで全力で当たりますと」

芳妙院はいつになく厳しかった。左源治が冗談めかして言った言葉が、よほど気懸かりだったのだろう。

「左源治は如何なるお役目でも、喜んで全力を尽くすことを、お誓い致します」

左源治は両手を合わせ、頭をたれた。「よいか」、芳妙院は更に言葉を続けた。

「堀田の家に生まれたそなたには、己《おのれ》はありません。藩士領民のため、そして大きくは幕府とこの国の民のため熟慮し、よかれと思うことを果断に行い、結果の責任を取ることです。自性院様は常々仰せになりました。わしは学問を怠らなかった。藩主として曲がりなりにも務められたのは学問のお陰だと。左源治も独りよがりにならぬよう、道をあやまたぬよう、大いに学びなさい」

跡継ぎの道は消えた。ご厄介で父上ぐらいの年まで過ごすかもしれない。いや一生日の当たらない御厄介になるかもしれないというのに、跡継ぎの心構えを言われても。そんな思いが一瞬閃いたが、左源治は黙って神妙に頭を下げた。お鉞は心配そうに左源治を見ていたが、その眼は母上の言うとおりにしなさいと言っていた。

三

左源治は、思い切ろうと思った。母上の言葉に従おうとも思った。しかし、止みがたい思いは残った。万一に備えるという立場ではあるが、藩主という姿が見えていた時は、さしたることはない、勝手気ままに振舞いたい、荷が重いなどと気楽に言っていたのに、今その姿が遠のくと、何か得がたい物を失ったような、除け者にされたような淋しい気分に襲われたのである。我ながら不思議な、思いもよらない心の内である。何物かに身体ごと思い切りぶっつけたかったが、何にどう当たればよいかわからず、苛立ちばかりが募り、それを悟られないようにと、母と姉の前では、平静を装うのに苦労した。

ひとかどの人物になるためには、冒険をしなければなりません。若なら出来る筈です。下僕の出野《いづの》斧太郎におだてられて、遠出をしたこともある。近習の荒井安治と三人で、母上と姉上の手作りのお握りと芋の煮っ転がしを腰に、渋谷川を越え田畑を越え原野を歩き、葦の茂る河原を抜け、渡しで多摩川を越え、大師が原までしゃにむに急ぎ、お大師様にお参りしたこともあった。九月に入り涼しくなったからと出かけたが、その日は残暑厳しく帰りの山で道に迷い、日が暮れる頃ようやく帰り着いた。足がつり、下り坂では膝ががくがくとなり力が入らず、ふらふらだった。左源治は、何のこれしきと二人の手助けも断り必死で歩いたが、迎えに走り出た母と姉の顔を見ると座敷に倒れこみ、二日間も寝込んでしまった。大師河原ぐらいで参ってしまわれるとはと、講義に出向いた金井の評価を落した結果となった「冒険」である。

小鳥が好きな左源治は、安井や斧太郎、時にはお鉞も一緒に下屋敷に集まる鳥を捕まえ、斧太郎に駕篭を作らせ鳴き声を楽しんでいた。そして今改めて、わしが狂うのは小鳥だと思った。しかし、この頃はどの声を聞いても物足りなく、手当たり次第に捕まえさせ、座敷が一杯で駕篭を作るのがいやになりましたと、斧太郎を呆れさせた。昨日夢中になって餌をやり耳を傾けた鳥が今日は馬鹿らしくなって放り出すといった調子である。集める時は夢中になるが、捕まえてしまうと熱が冷め、集めても集めても物足りないのである。

そんなある日、わが部屋に運ぶ小鳥を選んでいると、斧太郎が得意顔で言った。

「若、何度ご覧になっても同じことですよ。またすぐに飽きてしまいます。神田あたりのお店にお出でになったらいかがですか。庭ではみかけない、こいつ等よりもっと声も姿も良い鳥がたんとおりますよ」

そうか、それがあったな。左源治は不意をつかれたようにはっとしたが、すぐに苦笑いを噛みしめながら、右手の親指と人差し指で小さな丸をつくった。

「これがないぞよ」

鳥目の積もりである。斧太郎は、悪いことを言ってしまったというようにうつむき頭をかいた。左源治は眼をそらし、言いながら顔を赤くした。倹約はいつも頭のなかにある左源治の心構えである。かくて小鳥も左源治に己の立場を思い知らせる存在と化した。

秋になった。菊に狂うか。見ると、様々な種類の菊の鉢が縁近くに並べられ、濁った池の水にその姿を映している。池の向こうの自家用菜園にも奥庭にも、雑木林にも柿の木や栗の木の周りにも、今を盛りと菊が咲いている。見事な大輪も、野菊も、ここでは雑草と異ならない。亡き父上が、名人と言われるくらい菊作りに打ち込んで、四万三千坪のここ佐倉藩下屋敷の地上を様々な種類の菊が覆ってしまっている。生い茂るままに高く伸びた欅《けやき》や小楢《こなら》、橡《とち》の木などがうっそうと生い茂る薄暗い林にも、散在する楓や銀杏、紅葉の足元でも、黄や白の色と香りで、菊は左源治に特別な季節の訪れを感じさせる。

しかし、と左源治は思う。父上は四十五歳までご厄介様であった。わしも同じ身の上だ。出るところに出、装いを整えれば将軍様に献上できる見事な菊も、この有り様ではすすきやよもぎと変わらぬ野原の雑草だ。わしたちと同じ身の上ではないか。

こうした思いがこの一年近く左源治を苦しめてきたのである。勿論母芳妙院の言葉は頭に残っている。そして、自分で自分を貶《おとし》めてはいけないし、茶化したり逃避したりしてはいけないことはよくわかっている積もりだった。あのとき姉上にも言われた。

「私は男にはなれないのよ。この時代からも逃げるわけにもいかないの。でも、ほかの誰もがなれない大名の娘でいられる。貧乏大名ですけれどね。母上と左源治と三人。こうして暮らせて楽しかったわ。これからも女の私だから出来ることを、母上を見習って懸命に努めていこうと考えているの。左源治も、どんな運命が待っているかわかりませんが、それに負けずに左源治らしく生きて欲しいの。左源治ならきっと己に満足できる道をみつけられると思うわ。自信を持ってね。どこにいても私が応援していることを忘れないでね」

お鉞はそう言って左源治に笑いかけた。その眼にうっすらと涙が滲んでいた。

四

文政五年（一八二二）も十二月に入り、冷え込みも一段と厳しくなってきた。風は冷たかったが、霧が晴れた朝の陽射しの中を歩くと心地よい。左源治は斧太郎を供に下屋敷を出た。今日は支藩近江国堅田《かただ》一万三千石の藩主堀田正敦《まさあつ》に招かれたのである。堀田摂津守正敦は六十七歳、既に三十九年間も若年寄を務め、将軍家斉の信任も篤いという。今は江戸期の武家総覧である「寛政重修諸家譜《かんせいちょうしゅうしょかふ》」を纏め上げる大仕事に、総裁として腕を振われているという。若年の佐倉藩主正愛を助け、重臣たちの相談にも与《あずか》っているお方だ。佐倉藩のことも、幕政のことも、いろいろと伺えると思って胸が躍った。

正愛の側室が生んだ男子は、一年足らずで亡くなった。痘瘡で高熱を発し手当の仕様もなかったという。うつるといけないからと、見舞いもならず、左源治たちはお悔やみを述べただけだった。可愛がっていた正愛の嘆きが心に残った。これで左源治は儲副《ちよふく》の君《きみ》(万一の場合の跡継ぎ)となったのだ。しかし、左源治の心は複雑だった。大事な人の死によって手にした立場を素直には喜べない。あれだけ内心望んでいた筈なのに、いざその前に立つと、何も知らない己がいることに愕然としたからでもある。

堅田藩下屋敷では、正敦が玄関まで出迎えてくれた。「ご本家佐倉の若様」と、これまでにも増した丁重な態度である。左源治が面映《おもはゆ》い感じで立っていると、まあそう固くならずにと、正敦は奥の部屋に左源治を招き入れた。丸い木の台がある。その周りの背もたれつきの座席に坐ると、正敦は向かいにゆったりと腰を下ろした。

「これはオランダ流のくつろぎの場じゃ。台がターフェル、坐る方がストールとかいう。足が自由で顔も眺められるしな。向こうの書物を見せて作らせたものだ」

正敦は得意気だった。左源治は正敦に習って腰をおろしたものの、落ち着かない。

「上の座はどちらになりましょうか」

「それが、丸いからな。強いて言えば正面かな。ここで話す折は上下の区別はなしということかな。西国《さいごく》の流儀だ」

「それではけじめと言うものがないではありませんか」

左源治には聞いたことのない考え方である。

「西国ではこの国とは違った物があり、考え方がある。これからはそうしたことも頭に入れて考えねばならなくなるかもしれぬな。しかし、あせることはない」

正敦は下僕が並べた飲み物と皿の上の四角い物を勧め、自ら手にとって口に入れた。

「カステラとかいうお菓子と西国のお茶だ。甘くて美味い。食してみよ」

真似て口に入れると、柔らかく溶けるようだ。赤いお茶も砂糖が入り菓子と合う。正敦は立ち上がって奥の棚から球の形をしたものを取り出し、台の上に置いた。

「これは地球儀というものだが、世界がこの球の上に収まる。わが国はここにある。ちっぽけなものだろう。世界はこんなに広い。そしてわしたちが立っている大地は、この地球という球の上に乗っておるのだそうだ。一回りすると帰ってこられる。どうだ。西国ではこのように世の中を解き明かし、我らが目にしたことも考えたこともないようなものを作り出しておる」

左源治は地球儀を、我が国の姿を見つめ、回してみた。不思議な気分である。

「下になるとどこぞに落ちていってしまいそうですが」

「それがな、球の中心に向かって引き付ける力が働いているから大丈夫だそうだ」

左源治が驚くのを楽しんでいるように笑顔をみせると、

「近年我が国のまわりに異国船が頻繁に訪れてくる。毎年幕府に届けられるオランダからの風説書きには世界中のいろいろな動きが書かれておる。そうした新しい時代に備えるためにも、左源治殿は今のうちによく勉学に励まれることが肝要だ」

初めて耳にする異国の話に、左源治はただ驚くばかりだった。自らの藩でさえはっきりとはわからない。ここ江戸の下屋敷に暮らしているだけではまさに「井の中の蛙」ではないか。城のある六万石の領国佐倉はどんな様子なのか。そして飛び地の相模《さがみ》や下野《しもつけ》、常陸《ひたち》、武蔵《むさし》はどうだろうか。まして遠く羽州出羽国村山郡に四万石を領する柏原の陣屋のことなど想像すら出来そうもない。堀田家はこの飛び地を合わせた十一万石を治めるだけでなく、老中や大老として幕政の中心にいた時もある。そして今正敦から聞いた異国の話がある。佐倉藩主への道が開かれたということは、こうした様々な場に対処し、国を治め人を治める責任を負うということである。跡継ぎがどうといった個人の問題に留まらないということを目の前に突きつけられた想いに襲われ、全身に緊張が走った。わしに出来るだろ

うか。何をすればよいのだろうか。何か手掛かりをと、若年寄としての幕政のことを訊ねると、

「異国の話も幕府も、気になるだろうが外の世界のことだ。それを知っておくことは大事だが、左源治殿にとって今何より大切なことは、己の足元を固めることだ。佐倉藩をしっかりとしたものにすることだ」

小藩だから出来たのだろうが、わしが心置きなく若年寄の仕事に取り組めるのは、堅田藩が上手くいっているからだ。そしてわしが見られない分、家臣たちがしっかりと藩を治めてくれている。ありがたいことだ。わしは恵まれておる。正敦はそう言って笑った。

五

自信にあふれた話しぶりに、圧倒された正篤は改めて訊ねてみた。

「我が佐倉藩の問題は何でしょうか」

「どの藩でも苦しんでおるが、財政の問題、ありていに言えばお金がないということだな」

正敦はすぐ口を開いた。

正愛殿はお若いのに四年前会計方の賄賂や不正を暴き、主だった八人を処分した。しかしその後も藩財政は苦しい。代々積み重なった多額の借財が整理出来ないのだ。

「この整理と建て直しにわしも相談を受けたが、藩政は重臣たちが握っておってな。わしは文武に秀でた金井を推薦したが、案は正愛殿の採るところとならなかった」

あの金井も手立てを見出せないのか。全てを知り尽くしているような自信に満ちた金井でも、駄目なのか。左源治は驚きと失望に言葉が出なかった。勝手主役の庄田は借財の道に長《た》けていることを誇り、更なる借入先はお任せをとまで言っているらしい。

「正愛殿が見込んで財政の研究をさせていた人物がおってな。向籐左衛門之益《むかいとうざえもんこれます》という男だが、この度はその言うところの『三ツ割の法』を採用された」

そうか、正愛殿は問題点を掴み、手を打っていたんだ。左源治は嬉しくなった。

「それで、その『三ツ割の法』とはどのようなものですか」

「まあ待て。左源治殿も、つましいお暮らしをなさっておるだろうが、正愛殿が家督を継がれた頃は、借財で乗り切ってきた藩が新しい借財が出来ないくらいになってしまわれた。そのため、『金主《きんしゅ》の仕送り』で辛うじて行きぬくより手立てがなくなったのだ。仕送りというのはだな、佐倉藩の財務を全て金主に託し、その金主から送られるお金の中で生活するという立場になったということだ。誰かというのか。金主は江戸の蔵元《くらもと》石橋弥兵衛だ」

「弥兵衛ごときの言いなりになったということですか」

そんなにひどいのか。それにしても一蔵元に我が佐倉藩が握られたなんて信じられない。「公金は上納せられ、五カ年間の元利停止を金主に承諾させ、諸事厳しく省略し、公務を欠かざるを限りとしてもっぱら倹約を行えば仕送り致します」

相談した時の石橋の答えだ。藩はそれに従うほかなかったのだ。正敦は砕いてはいるが文書を読み上げるように突き放した言い方をした。そうか、それで小笠原のご正室の貧しいお食事になったのだ。

左源治は、正敦が話すからには、何か希望があるのではないかと、正敦の口元を見つめた。『三ツ割の法』とはそんなによいものなのだろうか。

「向殿が勝手主役となり改革を始めようと調べると、藩の借金である藩債は二十三万両あったそうだ」

左源治が戸惑っていると、正敦は改めて左源治の小柄な身体を眺め笑った。

「左源治殿は確か十三歳、元服が近いとはいえ、こうしたお話はまだ難しいかもしれませんが、藩主としては避けて通れないことゆえ、わからぬところは聞き流していただいて結構。いずれはおわかりいただけよう」

そうだな、と一息入れて正敦は話を続けた。

「藩の収入は三万七千両だから、借金は収入のほぼ六年分になる。しかも出る方は四万九千両だから、一年当たり一万二千両が不足することになる」

「では二十三万両の借金など返すどころか、不足分をどこからか調達しなければならないではないですか」

大変なことだ。簡単にはどこかから借りることだが、借りたら返さなければいけないし、第一今は貸し手もいないという。石橋が貸してくれたのはまだよかったのか。混乱した頭の中をあれこれの考えが閃き廻る。何でこんなことに、怒りと情けなさが胸に渦巻いた。

「『入るを量りて出ずるを制す』、収入に応じて支出を決めてゆかなければいけないのに、何でこうなったのか。年貢に頼る収入を増やそうとすれば、百姓から多くを取り立てねばならぬ。民を苦しめるこの道は取りたくないとしたら、左源治殿は如何なさるかな」

「きりつめて支出を抑えることですが、我が藩の節約もこれ以上は無理かもしれません」

どうしたらよいのか、正敦の穏やかな顔を見ながら、左源治は必死だった。

「歩引きで藩士の俸禄も削られ皆苦しいとしたら、これ以上は無理でしょう。出費の中身を調べ、無駄がある物を探すしかありませんね。そんなものが見つかるでしょうか。だとしたら、どこかから入る道を探すより仕方ありません。そうだ、百姓以外に取り立てる先があればと思いますが、そのような先はないでしょうし」

左源治はそう言って地球儀を見た。違う世界に何かがあるような気がして手で廻してみた。日本を手で触ったが、何も答えは聞えなかった。

「収入を藩の特産物に求めた藩がございましたぞ。向殿が評判を聞いて相談した姫路藩家老河合寸翁《すんおう》は、木綿を大坂から江戸の専売にすることで姫路木綿の評判を得、借金を七、八年で返し、二十四万両の蓄えをつくったそうです。ご正室幾千子様の松江藩は家老の朝日丹波が、木綿の他木蝋《もくろう》や朝鮮人参、和紙等の専売をすると同時にタタラ製鉄という砂鉄から精錬する鉄で大儲けをし、借金を返したばかりか寛政年間（一七八九〜一八〇一）に八万両の蓄えをつくったそうです。松江藩主松平治郷《はるさと》公は不昧流《ふまいりゅう》という茶道の流派を興した方ですが、金にあかせず茶の名器を集めて、諸侯を羨ましがらせていらっしゃいます。ところが佐倉には特産となる品がないので残念ながら話に聞くだけに終わりました。佐倉炭が、茶道で使える上質の炭とのお墨付きを得たのですが、藩外の産も多く藩内だけで縛りきれず、特産に出来なかったという話です」

そうか、よい品があればそれを藩の手で売るという方法があるのか。

「向殿は、支出でも幕府より課される普請工事や軍役《ぐんえき》が藩財政を苦しめる大きな要因だと考え、先の『三ツ割の法』を編み出されたのです」

正敦の話では、これは三つとあるように、年貢米を三つに分け、その二つを「御常用」、つまり藩政の諸経費と藩士の俸禄にあて、残りの一つを「臨時御手当」、つまり幕府の課役と軍役にあてるというものである。

「その上で『臨時御手当』が出来るだけ残るように『御常用』を出来るだけ節約、抑制することにしたのだ。さすれば、『臨時御常用』がなければ、三年で一年分の年貢米分を貯えられる勘定になるだろう。ところが思わざることが生じ、『臨時御常用』を使うことになってしまった。江戸藩邸が焼失したのだ。建て替えの費用に臨時御手当を使わねばならなかった。悪いことは重なるもので、幕閣へのお願いに工作費が必要になったのだ。それはな、白河藩が江戸湾警備御用を受けるについて佐倉転封《てんぽう》を願い出たとの情報があり、その阻止に動いたからだ。幸い転封は食い止められたが、工作費は多額を要した。頭の中で描いたように都合よくとはなかなかいかんものだな。御常用も節約を計ったが、これも騒ぎとなったな。藩士に俸禄の歩引きを申し渡したのだが、凌げなかった藩士たちが会計主務方に押しかけ談判となり一時金を出すことでようやく収まったのだ。豊作で米価が低落、俸禄の米が僅かの金にしかならず、生活が出来ない、年越しの金もないと訴えたとかいうことだ」

正敦の話は思いもかけない暗いものだった。

帰る頃には海の向こう、水平線に陽が沈みかかり、棚引く雲が黒ずんでいた。吹き付ける風が冷たく痛いように感じた。「『三ツ割の法』頼むぞ」、夕日に手をあわせたかった。

しかし、帰りに正敦が、ご本家佐倉藩のためならこの正敦なんでも致しますぞ、と親身になって励ましてくれたのは嬉しかった。自分に出来るだろうか。どんな困難なことも、恐れず引き受けなければなりません。母の言葉が耳に響き、お鉞のいつでも左源治の味方よという言葉も思い出された。

「正愛殿は藩主とは思えぬような大変な節倹の日々を送られておる。おいたわしいくらいだ。しかしなあ、藩主としてはそれだけでは自己満足に終わってしまう。藩士領民が幸せに希望を持って生活出来るようにする、その責任を負うのが上に立つ者の務めなのだ」

正敦の言葉を思い出し、左源治は斧太郎たちにも心から喜んで貰えるようしっかりやらねばと決意を新たにした。正敦を訪ねてよかったと思ったが道は険しいと改めて感じた。

六

文政七年（一八二四）になった。金井が軍の統括である房総備場奉行となり、藩政を決する老臣ともなり国許に帰ったので、経書は藩校温故堂徒講が講義し、武術は藩の師範が下屋敷まで教えに来た。上屋敷にこそ移っていないが、左源治は藩主となる心積もりで文武に励んでいた。

佐倉に出立する前、金井はそれがしの代わりにと、一通の書簡を置いていった。物頭の渡邊彌一兵衛が金井に宛てた書である。

〈生意気にも指図がましいことをこのわしに言うとは怪しからんと思いましたが、それがしは勿論藩士一同の左源治様への同じ思いがこめられております。佐倉に参りますそれがしの言葉とも思し召しいただき、気持ちを引き締めて励んでいただきたいと存じます〉と添え書きがあった。

「左源治君は庶子にして庶子にあらず。主君在《お》はさざるときは、自から儲副《ちよふく》たるべき御身に候。今より文武の才を磨きて、人君《じんくん》（君主）の器を備へ玉はんこと、最も肝要に候はん、夫れ先君の御遺訓中、最も重きを置かれたるは、学問の一事に在り、人にして学問なくんば、知徳をやしなうふこと能はず、君にして学問なくんば、家国を治むること能はず、古今皆然り、和漢亦然り」

彌一兵衛の言葉は続く。

「今や左源治君の御年志学に及び玉はんとす。其一生の関鍵《かんけん》（物事の蘊奥《うんおう》に達する要所）、繫《かか》りて此数年の歳月に在り、宜しく傅佐《ふさ》の人を増し、近侍《きんじ》（主君のそば近く仕えること）の士を選びて、其才徳（才知と徳行）を養はんことを力《つと》めざるべからず」

更に武を説いてこう結ばれていた。

「貴人の虚弱にして多病なるは、読書学問の為にあらずして、飽食暖衣《ほうしよくだんい》（贅沢に暮らす）、身を動かさず、力を労せざるに由る、若《も》し学ぶに武芸を以てせば、肢体自から活動し、気血自から循環し、身体の健康、求めずして自から来たらん。然れども武芸は必ずしも多芸に渉るを要せず、弓馬槍剣の中、其心に適するもの、其一、二を択《えら》ばば則ち可なり、太夫は一藩の柱石たり、此意、太夫にあらずんば、行ふこと能はず、太夫請ふ之を計り玉へ」

近頃の厳しさは、ここにあったのか、それにしても渡邉の自分に寄せるこの思いはどうだ。それに応えねばならぬ。左源治は心構えも新たに学問に、武芸に取り組んだ。

五月半ばその左源治に思いもかけない報せが齎《もたら》された。雑木林を吹き抜ける風が快く、萌える若葉の匂いと一面の緑の中を荒井安治と競走で馬場を駆け、後、屋敷に戻り気分よく食事に臨んだときのことである。いつになく芳妙院の口数が少ない。

「母上、お加減が悪いのですか」

左源治が箸の手を休めて覗き込むと、大丈夫と、お鉞も心配そうだ。

「もう少しはっきりしてからと思ったのですが、隠しても仕方がありません」

思い切ったように芳妙院が話し出した。

「実は昨日定例の老臣会議があったのです。正愛様の跡継ぎについて話し合われたのだそうですが、何と左源治でなく正敦様の嫡子正脩《まさなが》様に決まったという話なのです。全く信じられません。金井右膳が言い出し、老臣共も異議なく決まったという話です」

「今になって左源治が駄目だなんて。お傅役《もりやく》の金井が先に立って何ということを」

お鉞は箸を持ったまま立ち上がった。器から汁がこぼれた。

「そんなにお悪いのですか」

左源治は正愛の疲れたような顔を思い出した。昨年の春から肝臓を患い、最近は定例の登城日にも正敦に代わってもらったりしているとも聞き心配していたのである。

「それでそなたに儲副《ちょふく》の君《きみ》としての心構えのお達しがあったのではないのですか。左源治ではなく残念ですが、跡継ぎが決まったということは、相当お悪いのではないですか」

「でも、黙って言いなりになるなんてそんな馬鹿な話はないわ。母上もそう思われるでしょう。左源治こそ藩主に相応《ふさわ》しい男だと」

お鉞が真っ赤な顔で叫び声をあげ、左源治を見た。

「正順公からそなたたちの父上正時公に、次いで正愛公に跡が引き継がれた折も、老臣会議で決まったのです。藩主の意向もありますが、老臣会議の決定に逆らえないのが、このところの我が藩のありようですから、左源治は難しくなりましたね」

――金井はお傅役《もりやく》として、わしに経書の講義をしてきた。何か気に沿わぬことがあったのだろうか。思い当たることがあるとすれば、口癖のように「ごもっともなれど」と受けながら、気付いたことを問い返したことか。わしは考える性質《たち》で決めるのが何事も遅かったからなあ。そうだ、大師が原に行き、疲れて寝込んでだらしないと言われたこともあった。槍剣にはいまひとつ身が入らず、金井を苛立たせた。大将は一対一の場に追い込まれたら終わりだ。そうならんよう戦術を考えればよいなどと言ったのがきいたかな。考えると至らないところはきりがないくらいあろう――

左源治が黙って考えていると、

「ただこれで決まりではありませんからね。左源治は今まで通り、跡を継げるようにお励みなさい。たとえ無駄になっても、お父上のように何十年後かにその道があるやもしれぬ。その時に見苦しい真似をして笑われないようにしないといけません」

芳妙院は冗談めかしてそう言って笑った。

七

正脩様は何故老臣共の御目に適ったのか。お鉞の言葉に芳妙院はこう話した。

「正愛様が十三歳で家を継がれた時、正脩様は父上正敦様と共に式に招かれたのですが、時に十六歳、幼時より学問を好み詩文を良くし、賢明の誉れが高かったのです。お父上のお仕込があったからでしょう。年下の正愛様をご本家の若殿様と敬い、お話をする時は、跪き片手をついて申し上げ、金井など重臣たちが、若年の正愛様にと感激しておりました。男の子同士すぐに慣れ親しみ遊びに興じていても、正愛様が話しかけると、膝に手を置いてお答えしていました。幾千子様の婚儀の折も折り目正しく、節度をわきまえた凜々《りり》しい若様ぶりに末頼もしいお方と評判が高まったようですね。正敦様に重ね合わせていたのかもしれません。その正敦様は、佐倉藩の為に親身になってお世話してくださる。老臣共は目の前で式服の鮮やかな正脩様の姿を見ていますからね。下屋敷の野育ちの左源治が普段着の子供服では太刀打ち出来ないのは致し方ないかもしれません」

そう話すと俯いた。それにしても、渡邊の書を見せてくれた時は金井も左源治を跡継ぎと考えていてくれただろうに、なぜ考えが変わったのだろうか。それを言うと、

「金井は、軍の統括たる『房総備場奉行』になりましたが、金井を高く買い、推薦したのは正敦様だそうです。その恩義もあって正脩様を跡継ぎにと考えたのかもしれませんね」

芳法院は思い出したというようにこう言った。

「老臣共は左源治を忘れたのか」お鉞が燃え上がった蝋燭の炎に負けじと声を張り上げた。

「金井には、野育ちの子供、物事におっとりと構えている左源治が、物足りなく見えたのでしょう。礼儀正しさが将たる者の大事な要件だとはいえないと思います。しかし、老臣会議の結果は殿も覆すことは難しゅうございましょう。しばらく様子をみましょう」

誕生日の八月一日に行われた左源治の元服の儀式には正愛の使者が祝いの品を持って下屋敷に恭しくやって来たが、金井に従い正脩を跡継ぎと決めている重臣たちは姿を見せず、母芳妙院とお鉞、小姓の荒井安治に出野斧太郎の側近たちと、左源治の世話もし始めた物頭の渡邊彌一兵衛が参列しただけの淋しいものだった。

それでも式は和やかで、みなの心からの笑顔が嬉しかった。

「左源治は子供らしく素直に育ってくれました。お鉞と二人、何物にも変え難いわらわの子であり、お父上正時公のお子でもあります。今日まで家族水入らずでの楽しい日々を過ごすことが出来ました。ご厄介様としていつまでもそばにいてほしくはありますが、左源治のためには藩主の重責を担った方がよいのかもしれません。天はどのような道をそなたに与えるかわかりませんが、たとえ陽が当たらずとも挫《くじ》けず屈せず、苦難の道に出会っても恐れず、信じる道を進んでいって貰いたいと願っております。わらわはいつでもそなたの味方だということを忘れないでおくれ」

いつになくしみじみとした様子で芳妙院が言うと、

「わたしも左源治の味方よ」

母に負けじと声をあげたお鉞は、装いを新たにした左源治をまぶしいものを見るように眺めやった。

「儲君《ちょくん》の左源治様を何と心得ているのか」

下屋敷の地味な式が怪しからんと、彌一兵衛はいつまでも怒っていた。

久しぶりに雨が降り、蒸し暑かった。雑木林の奥で鳥の鳴く声が聞えたが、蝉の声は聞えず、やはり自分はご厄介様が似合いの所というのかなと、左源治の気持ちは晴れなかった。彌一兵衛の気持ちと、前髪を落とした左源治を「正篤《まさひろ》」の名前もよし、姿も男らしく見違えるわと誉めそやし、顔を見合わせては二人して見つめる母上とお鉞の顔がまぶしかった。正愛からは元服により幼名を改め正篤と名乗るようご沙汰があった。正愛様がこの自分を見守ってくれていると感じられるのも嬉しかった。

ただ考えてみると、藩政は老臣会議の決定で動いてきている。老中となった左源治の祖父正亮公の時代は藩主の力が強かったが、その子である正順、正時、そして曾孫の正愛の三代は老臣任せといってもよい時代である。決定は覆らないに違いない。

――それに正脩様は藩主に相応しい立派な方のようだ。何より佐倉藩をご本家として親身になって支えてくれた正敦が後に控えている。わしが出てゆくより佐倉藩のためには良いのかもしれない。また別の話によると、ご正室の幾千子様が正脩殿を推挙しているとも聞く。正敦は仙台公伊達宗村の八男で養子入りしたお方だ。松江前藩主松平治郷公の女幾千子様の母彰楽院《しょうらくいん》（松江前藩主松平治郷公の正室）は正敦の姉だから、幾千子様は正敦の姪に当たる。従兄弟に当たる正脩様なら推挙するのも当然だ――

考えれば考えるほど、正脩には敵わないとの思いが強くなる。

八

正篤は跡継ぎのことを忘れたかった。己の力の及ばない所で決まることなら、どちらでも良い、早く決まって欲しいとも思った。無性に本が読みたくなった。『史記』や『三国志』の武将たちの活躍に心を躍らせ自らもその中の一人のように溶け込んだ。悲劇の主人公に惹《ひ》かれ、「力ハ山ヲ抜キ気ハ世ヲ蓋《おお》フ、時ニ利アラズシテ騅《すい》ユカズ、騅ノユカザル、イカニスベキ、虞《ぐ》ヤ虞ヤ汝ヲイカンセン」など、垓下《がいか》の戦いで漢を興した劉邦に敗れた項羽になりきって、天を仰ぎ泣かんばかりに大声を上げ、名馬騅に思いを馳せ、絶世の美女虞の運命を嘆いてお鉞を驚かせたりした。身体を動かしたくなると馬を駆け遠出をしたり、弓を一日中引いたりして身体を痛めつけた。見慣れた庭や自然までが己によそよそしく見えるに至って、正篤は何気ないように装っていた跡継ぎの問題が、己にとって如何に重要だったかを改めて感じたのである。

自然が四季折々見せる姿は変わらない。見る人の心が変わるからいかようにも見えるのだ。どうにもならないものなら、その中でもがくより、あるがままの運命を引き受けて、その中で心満ちた生活をしよう。そしてどうせなら、己がよく見えるように心を奮い立たせてゆこう。次第にそうした考えが湧き起こってくると、いつまで続くかわからないが、先ずは目の前の母と姉との日々の生活に輝きをと思った。

さらに身近というなら、堀田家の祖先の歴史に目を向け今日まで辿るのもわが仕事として相応《ふさわ》しいのではないかと思いついた。正敦が諸国の大名の系譜をまとめたように、「堀田家本記・列伝」といった形ででも纏めれば、その筆者としての自分が生きた証となるかもしれない。藩主でなく、歴史学者になるのも悪くはない、そんな昂ぶった気持ちも起こり、調べ始めてみた。しかし始めてみると資料は山ほどあり、簡単には纏められないこともわかった。正篤はその中から系譜だけを辿ってみた。

堀田家の先祖は代々尾張国中島郡堀田村に住み着いていた。堀田の姓はそこから来ていると言う。してみると、将軍家ゆかりの尾張が堀田の発祥の地なのか。それでわれらの祖となる堀田正吉が権現様（家康）に仕えたのか。よき殿にめぐり合ったものだ。正吉は書院番五百石で召抱えられ、大坂夏の陣で功績をあげ、その後江戸で西の丸目付の旗本になった。禄は千石である。堀田の家は文官ばかりかと思っていたが、戦場でも活躍したんだ。一体どんな手柄を立てたのだろう。

調べると奥が果てしなく広がるようだ。しかし我が家の歴史と思うと楽しい。

正吉の子正盛は十三歳で家光の近習となった。もはや徳川の世である。家光が将軍を継ぐと、正盛は相模に七百石の地を賜り従五位下に任じられ相模守を名乗った。その後川越、松本に任じられ、ついには大老として総州佐倉藩の城主となった。

——そうか、佐倉を領したのは正盛が創めだったんだ。それにしても、ついには十八万石までいったとは凄い——

そして慶安四年（一六五一）四月、家光が薨《こう》じるとその死に殉じた。殉死、それも家光の命によるというから、よほど信頼されていたに違いないと正篤は思った。

さて、正盛を継いだ子の正信は、大陸から助けを求めてきた明の遺臣鄭成功《ていせいこう》に幕府が力を貸すべきだと進言し、容れられないと無断で佐倉に引き揚げてしまった。当然所領は没収され、阿波鳴門に幽閉された。正篤は驚いた。幕府に背いてまで、正信は何故鄭成功を援助しようとしたのだろう。異国にまで夢を広げたのだろうか。その正信も将軍家綱の死に殉じたのだから、幕府に背いたわけではないようだ。折角の地位身分を失ってまで、何にひかれたのか。しかし家は残った。嗣子正休《ししまさやす》は功績ある正盛の跡継ぎと言うことで、近江宮川一万三千石に封じられ、堀田宗家として残った。

遡《さかのぼ》ってみると、思いがけないことが出てくるものだ。

さてここに正信の弟、正盛の三男に正俊がいた。正俊は家光の命により春日局《かすがのつぼね》の養子になった。大奥で絶大の権力を誇った家光の乳母春日局の養子になったのだ。家光にも認められていたのだろうから、よほど幼くして才覚を発揮したものか。局と兄の死後それぞれからの遺領あわせて一万三千石を継ぎ備中守を称した。その後若年寄から老中に進む。将軍家綱に仕えたが、跡継ぎ争いで館林から家綱の弟綱吉を立てることに成功し、取り立てられて侍従から大老左近衛少将と、最高位まで登り詰め、下総古河十三万石の領主となった。堀田宗家に代わる凄い先祖がここにもいたと思ったら、正俊にも異変が起った。万事順調とはいかないお家柄なのか。何かと正俊に頭の上がらない綱吉は、それとなく隠退をほのめかしたようだ。しかし聞き入れなかった。ついに綱吉の意を汲んだ若年寄稲葉正休により、城中において刺殺されてしまった。厳しい正俊がいなくなったので、その後綱吉は「犬公方」様になったのだろうか。いずれにせよ、公方様をも恐れず筋を通そうとする変わった祖先が、わが堀田家にはここにもいたのか。正篤はその後が気になってきた。

正俊の遺領のうち古河十万石は長子正仲が継いだが、山形に転封《てんぽう》、次いで福島に転封となり三十三で病死、嗣子なく弟正虎が福島十万石を継いだ。その後再び出羽山形に転封された正虎は八代将軍吉宗に見出され、大坂城代に任じられたが、赴任の途上で亡くなった。正虎にも子がなく、養嗣子としていた宗家正休の子正直が先立って亡くなっていたので、その子正春が山形十万石を継いだが、三年足らずで十七歳で歿した。

九

東北を転々とし、病を得て藩主が若くして亡くなったりしたこの時代は、実収が石高より少ない藩もあり、度重なる転封の費用や幕命によるお手伝い普請の費用の負担で、藩財政は困窮を窮めた。正虎の時は山形への転封費用に相州馬入川（相模川）の浚地工事が重なり石高に比例して割り引く歩引きから、纏めて減じる宛行扶持《あてがいぶち》を実行するに至ったという。宛行扶持では石高がまとめて減らされる。三千石より五百石までは百人扶持、四百九十石より三百石は八十人扶持、以下之に準じ、百九十石より百五十石までは十三人扶持、百四十石より百石までは十一人扶持といった具合に扶持を給するものである。一人扶持は一カ月に米一斗五升を給するから、十人扶持は一カ年十八石となるわけだ。これは厳しい。しかし家臣の禄をこれだけ削り、藩の費用も節約、一切の儀式はやめ、藩士の集まりにも酒食を供せず、一汁三菜、吸い物一、肴一、酒三献と厳しい令を出したが、不足は補えない。ついに家臣の減少を余儀なしと決断するに至ったのである。方法は平等にと、大広間に家臣を集め籤引きにしたという。籤に当たった者はお暇《いとま》となる。これこそ正に貧乏籤というものだろう。正虎自ら老臣たちを従え出座し、家臣減少の止む無き所以《ゆえん》を諭すと、「聞き入る藩士一同痛哭悲泣し、正虎も亦面を覆いて嗚咽《おえつ》すること数刻」とあった。九十四人が籤に当たり、定府（江戸詰め）の者数十人と合わせた百余名がお暇となったという。残る者も歩引き、宛行扶持の苦しい生活が続く。まして運悪く籤に当たった家臣と家族郎党たちの生活はどうなったのだろう。そして藩財政はこの借財を引き継ぐことになったのだ。

さて正春が若くして亡くなった後はどうなったのか。十七だから、勿論嗣子はいない。後を継いだのは、正俊の季子《きし》（末っ子）正武の子正亮である。

――わしの祖父だ――

近付いてきたぞ。正篤は胸を踊らせた。

――幼名は左源治、わしと同じだ――

正亮は奏者番から寺社奉行、大坂城代と進んだ。正虎同様将軍吉宗に認められたのだ。吉宗が家重に将軍職を譲った延享二年（一八四五）、老中となった。吉宗は、病身で弟たちに比べ見劣りする家重を心配し、補佐する老中として正亮を任じたらしい。そしてその翌年、正亮は祖先の地佐倉に転封され、正盛、正俊に次いで老中首座となった。所領は佐倉の城付領が六万石、下野、相模、常陸、武蔵の遠在の関東の飛び地が一万石、羽州出羽国村山郡に四万石の計十一万石である。遠隔の羽州の飛び地は、山形藩時代の所領のうちの一部が残されたものである。その後多少変動があるが、今日に至る佐倉の所領がこの正亮の時代にほぼ決まったのである。こうしてみると、祖父正亮が現在の堀田佐倉藩の祖と言ってよいだろう。

正亮の後はその子正順が継ぎ、奏者番、寺社奉行、大坂城代と進んだが、松平定信の推挙によって地位を得たため、京都所司代の折、定信が職を辞するとそれに殉じその職を辞したという。正順の後は弟の正時（正篤の父）が、その後を正愛（正順の子）が継ぎ今日に至ったのである。

改めて堀田の代々の歴史を振り返ってみた正篤は、家系が順調に流れず、兄弟間の受け渡しが多いのに驚かされた。幕府の要職に就き、老中として幕政を取り仕切った先祖が、正盛、正俊、正亮と三人もいるのも初めて知った。また正信、正俊のように、己の信じるところを貫く者もいたこともわかった。系譜はわかったが、それぞれの時代にどのような物語があり、堀田の当主だけでなく、藩士や農民たちがどのような暮らしをし、どのように生きたかはわからない。母上も常々口にされている。

「上に立つ者は民を愛し、民に憂いなきようよき政《まつりごと》をなさねばなりません」と。

――正信の時代に佐倉惣五郎の事件があったことは母上の話で知ったが、堀田家はよき藩主であったのだろうか。そしてわしは藩主になれないとしたら、何が出来るのだろうか。過ぎ去った過去から学ぶべきことは多々あるだろう。それを歴史として整理し眺めるだけでよいのだろうか。ただ、あれこれと無責任にあげつらうだけでよいのだろうか。歴史学者としてつきはなして冷静に分析なんてこのわしには出来ない。血の通った堀田の、佐倉の、生々しい人々の姿を暮らしを知りたいし、堀田の家に連なる者としてその全てをありのままに受け止めたいとも思う。しかし、どうしたらいいのか――

正篤は資料を前に改めて自らの生き方を真剣に考えてみた。

学者も、風流の道も、菊や鳥に熱狂するのも、本当にそれが自分の好きな道だったら満足出来よう。だが好きでその道に入るのでなければ、きれいごとですまない現実からの逃避だと思った。と同時にいずれも金に縁がない道だとも気付いた。「衣食足りて礼節を知る」という言葉も思い出した。藩の財政が厳しいとしたら、そんな余裕など出てくる筈がない。「三ツ割の法」に取り組んだ向藤左衛門は、昨年三月勝手主役を免じられ、あとを継いだ庄田孫兵衛は元の借り入れ中心の体制に戻したという。江戸藩邸の火災や転封阻止の費用などの思わざる「臨時御用」があり、歩引きされた家臣の不満もあり、向は神経衰弱になり、佩刀《はいとう》を杖にしなければ立ち上がれないほど衰弱し、お役御免となったのだ。向も駄目だったのか。正篤は先行きに光明を見出せず、考え悩む日々を送っていた。

十

秋も深まり、虫の声が物寂しい夜長を感じさせ、半ば葉の落ちた雑木林に降り注ぐ月の光も物思いを深める季節の訪れを気付かせた。

正篤は無性に苦手の剣術に取り組みたくなり、安田を相手に一日中汗を流した。

「若の剣は荒くて向こう見ずで恐い。普通ならそれがしが勝つのに、何故か滅茶苦茶な剣にやられてしまう。悔しい」

しかし暴れて勝ちを収めると、ふっと気力が抜け剣を放り出し、堀田家の歴史に戻ったりもした。剣も握らなくなり、女子の嗜みのお茶、生け花、舞踏、お琴などに忙しいお鉞とは遊ぶ機会は少なくなったが、跡継ぎは決まった。これでわしの出る幕はなくなったと気持ちが落ち着いてもきた。

素読し暗誦してきた言葉の意味が実感出来るようになったのもこの頃である。講義も素直に頭の中に入ってくる。一つわかると、別の文もわかるようになり、面白くて調子よく暗誦しているうちにパッと閃いたりする。それと同時に言葉の調子と響きの良さに改めて気付かされた。日本語は美しい。言葉は人の心を虜《とりこ》にする魔力がある。そして言葉があるから人が築き上げた思想や伝えたい何かを、時代を超え場所を限らず伝えることが出来るのだと思い当たった。堀田家の歴史も言葉を選び、表現に磨きをかけ、人物が活き活きとするようにしなければ、と思うようになったら、資料の多さに戸惑ったのとは別の難しさに襲われた。しかし、とにかく堀田の藩主たちの事跡だけは知りたい。正篤は気楽に父上からさかのぼって代々を見てゆくことにした。気を楽にしたら、また資料の中に入り込む気力が出てきた。

十二月十日は霜が降りた。雑木林を歩くと、枯葉の中霜柱が朝日に光った。もずの鳴き声が葉の落ちた木々の間を突き抜けてゆく。負けないぞと足を早めて正篤がいつもの台地に足を運ぶと、雪を頂いた富士山が見えた。ひんやりとした空気が身も心も引き締めてくれる。気を良くして屋敷に帰ると正愛殿からの使者が来ているという。何事だろうと畏まると、正式のお達しがあると告げられた。慌てて衣服を整え母上、姉上と共に座についた。側用人の西村平右衛門が、永井半吾と共に「お上からのお達しである」と上座についた。

うやうやしく書面を取り出した西村は顔を上げるように告げると、張り詰めた高い調子で読み上げた。

「堀田正篤儀、この度堀田正愛養子を仰せ付ける。嗣子として心して務めるように」

正愛の殿のお達しであると言い渡すと、次に老臣会議の決定を申し述べると、もう一枚の書面を取り出した。

「この度老臣会議に於いて正愛殿の嗣子につき、正篤様御養子然るべしとの金井殿の御提議に年寄一同異議なく、一同で正篤様をお支え致すことに決しました。よって正篤様には御養子お受けくださり、これより嗣子として心してお務めくださいますようお願い奉ります」

正篤には全く思いもかけない仰せである。覚悟した部屋住み、ご厄介様でなくなったのだ。支藩の堀田正脩《まさなが》様の話はどうなったのだろう。老臣会議の決定は何故ひっくり返ったのか。信じられない思いで見上げると、西村が座を空けて正篤を上座に座らせ、永井と共にご無礼をと平伏した。

十一

芳妙院が設けた慰労の席で、二人が交々語ったところによると、九日の老臣会議で正篤が跡継ぎの養子となることが決まったという。

「実は殿におかれては、病篤く回復の見込みがないと思し召して、十月に正篤様をご養子とするよう老臣方に伝えよと我等にお命じになられたのですが、正脩様に決まっているというお話で、致し方ないがどうしたものかと渡邊様にご相談申し上げたのです」

西村が、「いやあ困りました」と頭をかいた。

「話は漏れ聞いてはいたが、老臣共が本気でそのようなことを考えているとは怪しからん。わが藩には正篤様という立派な跡継ぎがいらっしゃるではないか。それに正敦様は仙台藩伊達様からのご養子、堀田のお血筋が断たれてしまう」

「渡邊様がそうおっしゃって上申書を書かれたのです。それで先の決定が覆《くつがえ》ったのです」

永井は意気込んでそう言うと、渡邊の上申書を広げた。

『曩祖《のうそ》（先祖）玄性公（正盛）以来、血統連綿《れんめん》として相《たす》け（受け継ぐ）、未だ曾て他姓の人を迎へず、――正愛様には義弟左源治君の在るあり、是れ自性公（正時）の御子、青雲公（正亮）の御孫にして、正しく玄性公の正統にあらずや、然るに今は乃《すなわ》ち此正統の君を排して、却《かえ》って（逆に）異姓の人を迎へんとす、是れ決して天意人心に合する所以にあらず――』

「金井様もこれをご覧になり、ご血統を守るという渡邊様の一言に心を動かされたということで、正敦様のお言葉もあり、正篤様にと考えを改められたのです」

「金井様の推挙のお言葉と正脩様の鮮やかな記憶に踊らされていた、お血筋が絶えてしまうと、老臣たちも夢から覚めたようでした。呼びこまれた我等が十月、十一月の二度にわたる左源治様をご養子にという殿のお言葉をお伝えすると皆喜んでお受けになりました」

永井は上申書をたたみながら、嬉しそうに言った。

「これでわれわれのお役目も無事果たせた。殿の思召《おぼしめ》しも伝えられないまま、もし正脩様が跡継ぎなどとなったら、私共は腹を切らねばならなかったでしょう」

「実は金井様には会議の二日前、老臣会議に間に合うようにと、正敦様をお訪ねし、正脩様ご養子の御願いをなさったそうです」

待ちきれない、聞いて欲しいというように西村は言葉を次いだ。

「正敦様はお断りになったのです。『正脩をそのようにお考えいただくのはありがたいが、あれはその器ではない。佐倉藩には正篤様という立派な跡継ぎがいらっしゃる。あのお方は人並み優れたご器量をお持ちだ。わしは喜んで正篤様をお支え致しますぞ』そうおっしゃったそうです」

老臣会議は、金井が渡邊彌一兵衛の上申書を読み上げ、お血筋の正篤様がご養子に相応しいと口を切ったので、誰も異議を申し立てる者なく決まり、呼び入れられた西村と永井が正篤様を養子にとの殿のお言葉を披露し、先頃も左源治様ご養子はどうなっているのかと問い質され困っておりましたと披露すると、安堵と喜びの声が沸きあがった。金井を恐れて何も言えなかったほかの老臣たちが、渡邊の上申書に勇気づけられ、金井の変心を咎めず、上意を讃えたという。

西村たちが帰り、「若、皆手を打ち叩き踊り狂いたい気分でございます」と安田や家臣たちが口々に述べるお祝いの言葉を耳にし、芳妙院とお鉞が涙を流す姿を見て、正篤は心の奥から湧き起こる嬉しさにじっとしていられなかった。それでも母芳妙院に促されて姉お鉞と共に仏間の父上やご先祖様の前に座るとようやく落ち着き、ご報告と御礼を申し上げ、今後共更なるご加護をお祈り申し上げ、堀田の名を汚さぬよう心して励みますと誓った。

正篤は、渡邊彌一兵衛が己のために上申書までしたためてくれたことが嬉しかった。

――老臣たちでさえ金井には何も言えなかったのに、災いが及ぶかもしれぬ我が身を省みることなく、渡邊はわしを藩主にと懸命に動いてくれたのだ。お傅役《もりやく》の金井がわしを認めなかったのに、渡邊はわしに能力ありとみていてくれたのだ。そして正敦殿もだ。人並み優れたご器量だと。わしを買いかぶっているのではないか。正愛殿がわしを跡継ぎと心から思ってくださっているのも心踊り誠に嬉しいことだ――

正篤は一人部屋に籠ると、改めてまだ十五歳の何もなさない己を評価し期待してくれる身近な人たちがいることの有難さと幸せをしみじみと感じた。

――わしに能力があるか何もわからない。しばらくもがき苦しみはしたが、部屋住みで当たり前と思っていた。しかし新しい道が開かれ、今日こうしてお気持ちが表に表れて、わしを見守ってくれる人がいたことがわかった。母上や姉上がわしを思う気持ちは痛いほどわかっていた。これだけでも十分すぎるくらいなのに――

夜が更けて寒さが身にしみてきた。しかし正篤の胸は熱かった。今夜は眠れそうにないな。戸を開けて縁に座ると、雑木林は暗く静かである。月のない空に煌々と星がきらめいていた。この星をご先祖様も、太古の昔の人も眺めたのだろうか。いや今このときにこの国のどこかで、いや正敦のところで知った異国のどこかで、同じ星を眺めている人がいるかもしれない。正篤はいつか厳かな気持ちになって、この世を統べる何者かに頭を下げた。

何か声が聞えたような気がした。

『お前はこれでいいのか、まだ何か究めたというものもない。教えられたことを多少覚えたに過ぎないではないか。未熟者めが。すねたり逃げ回ったりせずに、何でも取り組んでゆける力を身につけることがお前が今なさねばならぬことだ。皆がお前を推してくれるのは、これからのお前の成長に期待してくれるからだ』

しっかりせねば。正篤はそう心から思った。しかし、自分にその力があるのか。これから身についてくるものなのか。星は何かの形を空に描き輝きを増すばかりで何も答えてくれなかった。流れ星が一つ西の空に落ちていった。よき藩主となれますようお力を賜りますように。心から祈った。流れ落ちる一瞬、星が輝きを増したように見えた。

青年藩主正篤

一

文政七年（一八二四）十二月二十二日、佐倉藩は正篤養子を幕府に稟請《りんせい》（申請）、二十五日允許《いんきょ》（許可）された。正篤は正愛の跡継ぎとして正式に認められたのだ。安心したのか二十八日、正愛はその生涯を閉じた。二十七歳の若さだった。

これからの多難を思い、正篤は翌二十九日、身近な相談役として物頭渡邊彌一兵衛を側用人とした。正篤より十四歳年上の二十九歳である。これが正篤の初の人事だった。跡継ぎにと上申書を書いてくれたことは勿論だが、金井に儲君として育てるよう進言し、元服のお祝いに駆けつけた男でもある。挨拶に伺った折、正敦にかの男こそ執政の器と勧められて意を強くしたこともあり、熟慮が長い「ごもっとも様」の正篤にこの素早い起用を決断させたのだ。

招かれて、側用人として君主を導いてくれるようにと命じられた彌一兵衛は、目に涙を浮かべながら、

「身に余るお言葉、それがし身命をなげうって殿をお支え致します」

と平伏していたが、年が明けると、祝いよりもこれからの試練に対するお覚悟が肝要ですと、正篤を前に心構えを諭した。

「殿はこれから我が佐倉藩の全てを預かる御身となられました。藩士も領民も殿のご意向一つで動き、苦楽を共にすることになります。仰がれる御身ですが、その責任の重さを肝に銘じなければなりません。道を誤ると一藩を塗炭《とたん》の苦《くる》しみ（泥にまみれ火に焼かれるような極めて苦痛な境遇）に沈めることになります。当藩はまた幕閣に連なるお家柄です。一国を導くお立場になられることも覚悟しなければなりません。天下の政《まつりごとつかさど》を掌るためには何が必要か。それは古来の先人の言葉に耳を傾け、その真髄を究めることではないでしょうか。そしてそれがこの時代に生きた形で使えるよう、殿のご判断の物差しとなるよう備えておくことです。それがしも学んだことはお話し致しますが、殿には来たるべき時に備え、学問を深められますよう御願い申し上げます」

彌一兵衛は、新年の賀を受け老臣たちと話が済んだ後、正篤が部屋にくつろいでいるところに顔を出したので、問いかけた。

「わしは未熟者だとわかってはおるが、跡を継ぐ折もあるかと、それなりの学問はした積もりだ。そちに聞きたいが、今のわしの力で幕府に出仕するとしたら、どのくらいまで務められるかな」

祝いの酒が少し入っていた。新年早々堅苦しいことを言うなとの思いもあった。

「されば、奏者番がせいぜいでございましょう。寺社奉行から上は、誠に失礼ながらお勤めは適いません」

正篤は酔いがいっぺんに吹き飛んだのを感じた。

「さほどに厳しいものか」

「人にして学問なくんば、知徳を養うこと能はず。君にして学問なくんば、家国を治むる能はず。古今皆然り、和漢亦しかり。と言われております。先君の御遺訓のこの言葉を胸に殿も学ばれたとは存じますが、まだまだ道半ばでございます。更なる高みを目指され、殿には仁君《じんくん》の君《きみ》（いつくしみの深い君主）たる器を備え玉わんこと最も肝要にございます」

彌一兵衛は、自分も未熟で教えを請わねばならぬことが数多くあると言うと、「二日の仕事始めより講義を始めましょう、御免」と帰っていった。

一月二十二日、正愛の正式の喪が発せられ、正篤の藩主としての儀式が始まった。

三月八日幕府より正式に相続を仰せつかり、譜代大名の属す帝鑑《ていかん》の間詰《まづめ》（十万石以上の譜代大名の詰め所）を命じられた。

上屋敷では身の回りに必ず誰かが控えており、起床から食事、衣装や日常の動作に至るまで一変した。気儘な下屋敷の生活、母芳妙院、姉お鉞との母子水入らずの生活は終わったのだ。暮れからのあわただしい行事の数々を経る度に、正篤は「ご厄介様」から「藩主」に、公の場に躍り出た自らを不思議な思いで見つめるのであった。内輪の質素な元服の儀式に比べると、わずらわしいくらいの堅苦しい行事の続く日々である。

四月一日、正篤は将軍家斉《いえなり》に初めての拝謁の日を迎えた。素襖《すおう》に烏帽子《えぼし》をかぶると、ひとかどの若様になったようで気恥ずかしくもあったが、ご立派です、とお付の重臣たちに仰ぎ見られ、正篤はすっかり気をよくした。長袴《ながばかま》を捌《さば》く歩き方にも礼儀作法にも心を決めるとすぐに慣れ、口上の声もはっきりと言えるようになった。三人の重臣、庄田孫兵衛、一色善左衛門、金井右膳が同道した。日頃にない重臣たちの緊張した様子に、正篤は今こそしっかりせねばと気を引き締めた。老中を務めた代々の藩主たちの名を汚してはならんとも思った。

十一代将軍家斉は、側用人の紹介を耳にすると、顔を上げた正篤に大柄な身体を乗り出すようにして声をかけた。

「そちの祖父正亮は立派な老中だった。先代の父家重が政務を全う出来たのは老中首座正亮がおったからだ。そちも励め」

懐かしそうにそう言うと、微笑んでみせた。控えの間に戻ると、額に汗が吹き出てきた。

「上首尾のお目通りです」

重臣たちが口を揃える中、金井がお傅役の昔のように喜んでくれた。

かくして譜代大名の一員として帝鑑の間詰の日々を送っていた正篤は、彌一兵衛の薫陶を受けた。これから忙しくなります。今のうちに出来るだけのことを学んでおくことが肝要です。渡邊は自ら講じるだけでなく、遠州掛川藩教授を辞した儒学者松崎慊堂《まつざきこうどう》を招くよう勧め、江戸藩邸に出講するようになると、自らも先に立ち、正篤はじめ藩士たちにもその教えを学ばせた。弓術は日置流を、馬術は大坪流を、これも毎月日を決めて広大な下屋敷の道場や馬場で、基礎からの厳しい指導を受けた。思い込みや間違いも幾つかあった。技よりも心構えの大切さも改めて感じ取った。渡邊の言う寺社奉行以上の公職に就くための文武の道、冷静な判断力、そして人間としての器といったものはこうして磨かねばならぬのだ。好き勝手に学んできて、それでよしとしていた己が、いかに幼かったか恥じる思いにうたれる時もあった。

二

翌年の夏、正篤は、下屋敷近くに同じく下屋敷がある堀田正敦を訪ねた。正敦は近江堅田藩から下野《しもつけ》佐野一万六千石に転封になっていた。

藩主の嗣子に決まるとすぐ、正篤は渡邊彌一兵衛と共に正敦に招かれている。正愛の病状が思わしくなく、正脩擁立の動きを知らなかった渡邊は、同憂の士潮田儀太夫と連名で、正敦に正愛の、そして左源治が長ずるまでの後見人を願う願書を提出し、正敦の許諾を得ている。正篤が嗣子となるまでの経緯を知り、渡邊の思いも受け止めていた正敦が、先行きを慮《おもんぱか》って二人を呼び寄せたのである。

正篤の祝いの席を設けた正敦は、思いを伝えたいというように問いかけてきた。

「正篤殿、佐倉藩を預かるに際し、最も大事なことは何だと思われるかな」

「藩財政の窮乏をいかに改善するかでございましょう」

正篤が答えると、正敦は大きく頷いた。

「確かにそれは大きな難題だが、もっと大切なものがある。それは人だ。財政の問題にしても、それを誰のためにどのように処理するかで、藩士領民の暮らしは大きく異なってくる。佐倉藩に人は多いが、忠誠の心篤き人となると数は少ない。わしは正愛殿の佐倉藩を補佐して参りましたが、そのわしの見る所、才識抜群で忠誠が篤い男は、ここに居る渡邊彌一兵衛が第一ですぞ。渡邊こそ類稀《たぐいまれ》な執政の器というべきでしょう。しかし、早まってはなりません。ご養子になるについて功があったからに違いないとそねむ者もおりましょう。暫くお手許に置き、その薫陶を受けるのが将来の御為になることでしょう。支藩として立ち入ったことは差し控えておりましたが、人は見せて貰いましたぞ」

正敦は笑ってみせたが、彌一兵衛は思いがけない正敦の言葉に感激し、目をうるませていた。

その時以来の正敦である。「お言葉を頂き彌一兵衛を側用人に任じました。教えられることが多々あります」と感謝の言葉を述べると、それは良かったと嬉しそうだった。

正敦は洋風の部屋に正篤を恭しく迎えいれた。左源治のとき同様に、どうぞお気楽にと言ったが、本藩の若殿様におなりになったのだ。上下の区別がないと気にされていたので、これでは申し訳ないがと、オランダ式のターフェルの向かい合ったストールに腰掛けさせた。

「これは疲れなくてよい。堅苦しくもないしな」

正篤は正敦に、若年寄りとしての幕政の話を聞きたかった。お目見え以上の幕臣諸侯の系図略歴を集成した「寛政重修諸家譜」が先に完成したと聞いていたので、そのご苦労の程はいかばかりかお伺いしたいと話し出すと、書物を並べた棚から一部を取り出し、ターフェルの上に置いてみせた。

「これじゃ、いや大変な根気と時間のいる作業だった」

完成してみると、千五百三十巻にもなった。正敦はふっと息をついた。

「文化九年（一八一二）にようやく完成にこぎつけたが、わしが総裁を命じられ、林大学守にも知恵をお借りした。ほれ堀田のご本家宮川藩の豊前守《ぶぜんのかみ》様に副総裁を御願いしてな。配下やあちこちから集めた四十六人もの幕臣の力を借りて、十三年もかかってしまった」

これで先に編まれた「寛永諸家系図伝」と時代が繋がることとなった。しかし、

「これは誰かがしなければならぬ大切な仕事ではあるが、幕政の本流とはいえぬ。わしも齢《よわい》六十七になってしまった。それよりは、わしが浅草の天文台総頭の仕事をしていることはご存知かな。これはなかなか面白い所で、オランダを通じ異国の情報を得られる幕府の数少ない場のひとつだ。わしがこういう品を手にしているのも、その仕事ゆえだ」

「どのようなお仕事になるのでしょうか」

地球儀とやらより面白い何かがあるのだろうか。正篤は異国への何がしかの興味と、ご禁制の秘密に触れるかもしれないという恐れの気持ちも抱きながら聞いてみた。

「あわてずと、それを味わってみよ」

正敦はギヤマンの器に注がれた赤い飲み物を手に取り一口飲むと、正篤を促した。よい香りがして甘かった。

「ぶどうの酒だ。ウエインと呼ぶとか。あちらでは食事の折によく飲むそうだ。天文台に蛮書翻訳局が置かれておる。そこに大槻玄沢《おおつきげんたく》という蘭学者がおってな。他の学者共とオランダ語やロシア語の翻訳をしたり教えたりしている。この仕事は面白いな。この国以外に広い世界があって、言葉も暮らしぶりも違う人々が何百万といる。どんな世界か、わしでなくとも知りたくなろうというものだ」

正敦の話は続いた。

「わしは知っての通り仙台藩より当藩に養子として迎えられた。伊達宗村の八男だ。玄沢も一関藩医の子で、杉田玄白に学び長崎に遊学した後、江戸に戻って蘭学塾「芝蘭堂《しらんどう》」を開き、仙台藩の侍医となっ

た。その縁もあって玄沢からいろいろと話を聞いておる。お父上正時公の兄上正順公は長崎から蘭医樋口保貞を召し寄せておるし、蘭学には我ら浅からぬ縁があるということだ。仙台藩といえば、正愛公のご正室幾知子、謙映院《けんえいいん》はわしの姉彰楽院（松江藩主松平治郷公の正室）の女《むすめ》だから我が姪に当たる。少々気が強いところがあるが、女一人になってしまった。何かの折には力になってやってくれ」

と言った後笑みを浮かべると、「おっとこれはとんだ横道に入って」と独り言のように呟き、思い出したとでもいうように話し出した。

「己の好むところといったら蛮書翻訳局だろうが、幕政ということで力を奮えたのはな」

昼過ぎに訪れたのに、差し込む日差しも部屋の奥深くなり、風も心持冷たくなってきた。

異国の菓子カステラが振舞われ、赤いお酒を飲みながら端正な正敦の口元を見ていると、

「文化四年に、わしは蝦夷方面防衛総督を仰せつかった。ロシアからの船が沿岸に出没して北方の守りが老中方にも不安となったからだろう。若年寄として二十年のこのわしが仙台藩の出だということがあったからに違いないが」

身近にいながら、何も知らなかった。計り知れない大きなものを秘めているお方だったのだという思いで言葉を待っていると、

「何だ。そんなに固くならずに、気楽に聞きなさい」正敦は優しく微笑んだ。

「わしはすぐ思い浮かべたな。仙台藩と縁続きに、林子平《はやししへい》という男がおる。名前を聞いたことはあるか。ないだろうな。幕府の禁に触れて処罰されたからなあ」

「これだ」目の前に書物が置かれた。『海国兵談』と表紙にあった。

「この中にロシアの南下に備え沿岸の兵站《へいたん》（車両・軍需品の輸送等に当たる機関）を整えるべしと方策を述べている。幕府批判として捕えられ、版木は没収となった。子平は自ら書写本を作りその写本も出来、世に伝えられた。全てで十六巻の大部だ。わしはこの書によって防衛作をたてた。わしの仙台藩を後ろ盾に、東北諸藩、会津、南部、津軽、松前は恩賞を得たいと張り切ったなあ。十六巻が刊行された翌年にはロシアからラックスマンが漂流民の大黒屋幸太夫を連れて根室に参ったが、その後北方は静かになった」

六無斎《ろくむさい》という言葉を聞いたことがあるかと聞かれて、「何でしょう」と問い直すと、

「子平の号だ。ご禁制だからと版木を取り上げられたのでこう詠んで大事なものが六つもなくなったと六無斎と号し、まあ抗議の気持ちを表したのだ」

正敦は楽しそうに声を張り上げた。

「親も無し、妻無し子無し版木無し、金も無ければ死にたくも無し、とな。面白がっては子平に申し訳ないが」

正敦の話によると、子平の姉が藩主伊達宗村の側室となり、兄が仙台藩士になった。子平は兄のご厄介だったが、その自由を幸いに長崎で見聞を広め、「江戸の日本橋より唐、阿蘭陀《おらんだ》まで境無しの水路也」と海を通じひとつながりだと警告したのだ。その上で日本を海外からの植民地政策から守らなければならないと日本海岸総軍備の必要性を説き、江戸湾防備の緊急性を説いたのだ。異国船が沿岸に次々と現れ、無策を質《ただ》されることを恐れ、老中松平定信によって「世間を惑わす者」として処分された。

正篤は話の意外な広がりに驚いた。異国の珍しい品々や風習も驚きだが、印度などが征服され支配

され、殖民地になっているという話に、我が世界とも思っていた佐倉藩がいかにも小さなものに見えたからである。藩主になったとて世界を相手に何が出来よう。

「どうだ。世の中は広いだろう。こんな話を聞くと、若に限らず何とかせねばなどと気があせるかもしれん。しかしすぐ危機に見舞われるわけではない。こうした事実を知った上で、先ずは足元を固めることが肝要だ。『己の頭の上の蠅も追えずに他を言うことなかれ』ということかな。若は先ず佐倉藩をしっかりとさせないと。わしも及ばずながらそのお手伝いくらいは出来るかな。天文台には西国に負けない正確な地図を作った佐原の伊能忠敬のような男もいる。樺太探検の間宮林蔵と共にわしも力を貸した。取り組む課題は様々だが、藩政においてもこうした一つ一つの積み重ねがものをいう。その先に幕政といったものが見えてくるのではないかな。一寸話が脇道にいってしまったが、まあ、茶飲み話として聞いてくれれば結構」

正敦の話は果てしなく広がっていきそうだ。改めて正敦の大きさを感じた一日だった。

日頃朱子学の世界に生き、佐倉藩を幕府をいかにすべきかといったことに思いを馳せていた正篤には、絵空事ではない身近なものとして受け取った異国の話であったが、正敦の話もあり、佐倉藩をもっと知り、藩内を立派なものにしてゆかねばと思いを新たにした。

三

総州佐倉藩は、江戸幕府の東方の押さえとして譜代の領地とされてきた。利根川に繋がる印旛沼の南に広がる台地に築かれた佐倉城は、千葉氏が滅び築城半ばの鹿島城跡に、家康の命により土井利勝が六年の歳月をかけて築いたものである。台地にあるとはいえ、高低差は僅か十二間余にすぎない。しかし、その崖は急峻で、周囲を囲んだ水堀と西方と南方に流れる鹿島川が外堀の役目を果たすことと相俟って、城の守りに不安はない。西端の本丸と二の丸との間、二の丸と三の丸との間にはそれぞれ空堀がめぐらされている。この堀は素堀りで石垣はない。石材が入手しにくい地理的条件によるものだが、その分大地を自在に加工した城造りで、水堀と合わせ自然を生かした守りの要となっている。このように本丸までは四重五重の深い空堀・土塁・馬出し・枡形などで防御され、巧みな城造りがなされているといってよい。

さて本丸から東に二の門、三の門と通り抜けると、馬出しに出る。ここから大手門の間の広小路の両側は上層の「給人」のうち三百石以上の上層の家臣の屋敷が並び、下層の「給人」は、本丸から北側、椎の木門と搦め手の田町門との間に住まいを与えられている。「お通り掛かり」や「お通り掛かり以下」の中・下級の家臣は、大手門から東に延びる城外の宮小路や鏑木《かぶらぎ》小路に、小さいながらも一戸建てを構えている。商人の町佐倉新町は、侍屋敷から更に東に延びた大通りの両側に続いている。

佐倉は人で賑わう江戸と違い、自然に恵まれた豊かな実りの国である。

佐倉藩の所領は十一万石だが、佐倉城のある佐倉の地は城付領六万石があるだけで、商家の賑わいも年貢米を産する田畑も六万石の城下町の姿でしかない。関東に一万石、羽州出羽の四万石計五万石の飛び地があり、代官が支配しているが、日頃は六万石の城下町の賑わいがあるだけである。お膝元佐倉の城付領内を先ずはしっかりとおさめなければならない、正篤は足元を固めよという正敦の言葉をかみしめた。

江戸から佐倉への道は、日光街道を北に進み、千住宿で分かれ新宿《にいじゅく》で江戸川の渡しを渡り佐倉街道に入る。佐倉街道は五街道に次ぐ脇往還だが、江戸庶民の人気を集めた成田山参りが盛んになると、成田街道と呼ばれるようになった。佐倉から江戸まではこの街道で一日行程、水路で日本橋から利根川を経て印旛沼に出る道もある。このように江戸に近い六万石の佐倉では商工業は育たない。弓や刀剣の武具も、晴れ着等の高級な衣装も、本格的な物は江戸の職人や大店の越後屋などに頼んだりする者が多かったからである。

文政九年（一八二六）八月十五日、就封の暇を取った正篤は、江戸を九月三日に発ち四日に佐倉に着いた。臼井宿への上り下りの頃から印旛沼が丘陵の彼方に見えるようになった。駕篭を止めて丘の上から見下ろすと白い帆を膨らませた高瀬舟が遠く点在し、眼下の沼では漁船が集まって余念がない。「肥料にする藻草や海老を採っているのでございましょう」と案内の家臣が説明する。沼から吹き上がる風が肌に心地よい。沼を限る緑の丘陵の彼方に目をやると、うっすらと筑波山の二つの頂が見える。「お城からもご覧になれます」という。田や畑も緑に揺れている。

恒例により、先ず深大寺の祖先の霊廟に詣で、城中城外の諸社に詣で、本城に帰ると、家臣の拝礼を受けた。いよいよこれから始まるのだ。夏の名残の強い陽射しが草いきれを運んできたが、広がる緑の丘陵や田畑にわが領国に帰ってきたとの思いを強くした。――わしを見守っていただきたい――心をこめて手を合わせた。次いで藩校温故堂で釈典の礼に臨んだ。孔子を祀った先聖殿で「白鹿洞書院《はくろくどうしょいん》（唐の李渤《りぼつ》創建の書院。宋の朱熹《しゅき》が再建し学を講じた）掲示」の冒頭が読み上げられ、正篤始め一同唱和する。

「父子に親有り、君臣に儀有り、夫婦に別有り、長幼に序有り、朋友に信有り」

朱子（朱熹）が「白鹿洞」を再建した折に掲げた僅か百七十五文字の文章である。しかしこの中に古《いにしえ》の聖人先賢の全てが纏められているとして、中国朝鮮でも模範とされ、我が国でも学問教育の指針とされている。佐倉藩では毎年この「掲示」の講釈で温故堂の一年が始まる。正篤の就封を祝い集まった家臣たちの頭にも今この言葉が改めて心に響いているに違いない。

——自分はこの家臣たちと共にこれから手を携えてゆくのだ——

初めて目にした領国佐倉の田畑や緑の丘陵、台地の上に聳え立つ佐倉城のたたずまいと城内の家並、そして眼下に広がる印旛沼の風光、町中の賑わいが鮮やかに浮かび、昔から馴染んだ懐かしい思い出のように胸を熱くする。

——わしの佐倉、わしの家臣たち——

思いがこみ上げてくる。

式が終わると正篤は式場を埋めた家臣たちに向かい軽く手をついて、「ご苦労」と会釈した。大きなどよめきが起こった。

「殿が——」という極まった声が聞えた。頭を下げての挨拶など、家臣たちには思いもかけなかったのであろう。

「殿が会釈をなさるとは驚き入りました」

彌一兵衛が顔を赤くして、感に堪えない声で言った。悪かったかなと言うと、

「いえ、殿のお人柄が表れてようございました」

ほっとした様子で笑顔を見せた。思わず出てしまったのだ。よかったと金井を見ると、

「若いからと侮られぬよう、もっと威厳を見せるべきでした」不機嫌そうに口を尖らせた。

領民に会いたいと言うと、庄田までがいい顔をしない。心配そうに注意した。

「甘い顔をみせてはなりません。すぐつけあがり手に負えなくなります」と。

正篤はしかし、藩主の仕事始めはこれだと決めていた。「武士を支えている百姓を大事にしなければいけません」と母が口癖のように言っていたのが頭にあったからだ。

九月十五日、布告により印旛・千葉・埴生《はぶ》三郡の城付領各村の名主や総代二百六名が、小雨降る中城内大広間に集められた。代官様でさえ恐れ多いと威儀を正す百姓たちである。新領主のご挨拶だと言われても、何かとんでもない難儀がきやしないかと道々話し合ってきたのだろう。身づくろいを整えた百姓の代表は、会場に詰め寄せると青ざめた顔で身を固くして平伏している。正篤は新しい藩主となった挨拶をすると、「これまでよく勤めを果たし年貢を納めてくれた、そちたちの日頃の労苦に感謝する」と続けた。

「ついては、そちたちの藩に対する功績に、この際余が褒美をあげたい。よいか」

正篤は声を張り上げた。

「本年の年貢は、その十分の一を免除とする。よいか村へ帰って皆に申し伝えるのじゃ。そちたち名主様のお陰で年貢を負けて貰ったぞとな」

一瞬あたりが静かになった。顔を見合わせて言葉が交わされると、いっせいに声にならない叫びが

上がり、それは万歳の声に変わっていった。口々に有難うございます、と城の者誰彼に頭を下げ、名主たちは稲刈りに大忙しの村へ一散に帰っていった。それでなくとも厳しい財政が、立ち行かなくなります。庄田が何度か呼び掛けたが正篤は構わなかった。

こうして藩士百姓に挨拶をした正篤は、もう一つ藩士どもに示してから帰府したいと彌一兵衛に諮《はか》った。正篤の就封の挨拶に助言してきた側用人渡邊彌一兵衛は、釈典の礼式と同じくそれは殿のお考えを示す大切なことですと、頼もしげに答えた。

馬を集め勢子を集め、家臣たちに乗馬と弓術、騎射の訓練をさせた後、金井右膳の指示の下、十一月三日六方野《ろっぽうの》で狩が行われた。将軍家のように鷹狩りとはいかなかったが、正篤も床机に陣取り指図し、勢子のあげる「わ――」という鬨《とき》の声や叫び、駆け回る馬の蹄の音、獲物を手に言上する藩士の紅潮した顔と言葉に、戦らしき気分になれたと満足した。

彌一兵衛の言う文武両道の興隆が藩政の課題だと、自らも信じていた正篤の就封の暇《いとま》はこうして終わり、十二月三日には江戸藩邸に帰着した。待っていたように十六日に幕府より呼び出しがあり、正篤は朝廷より正式に許しがあり、従五位下に任じられ、相模守を名乗ることとなった。堀田相模守正篤十六歳の門出である。

佐倉に足を運び、藩士たちと触れあい、百姓の声を聞き、佐倉の風物を我が心と受け止め帰府した正篤は、学業の進み具合も順調だとの彌一兵衛の奨めもあり、幕政に係わりたいとの願いをお内願筋に申し伝えた。若年寄堀田正敦も取り次いでくれた。前藩主正愛の正室幾知子は髪を下ろし謙映院《けんえいいん》と号していたが、夫が果たせなかった夢をわらわも共に見たいからと、兄が藩主の松江藩からも同じ願いを差し出す手配をしてくれた。

文政十二年（一八二九）四月十二日、待望の幕政の第一歩が二十歳の正篤に仰せ付けられた。老中まで登り詰めた祖父正亮や先祖の最初の公職「奏者番《そうじゃばん》」に任じられ、芙蓉間詰《ふようのまづめ》を仰せ付けられたのである。彌一兵衛たち藩の老臣は、老中のお家柄の我が藩には当然の御下命だと喜んでいた。

奏者番は、大名や旗本が将軍に拝謁する際、その氏名と進物の内容を披露し、将軍の下賜品の伝達に当たる。武家の礼式典故などの有職故実《ゆうそくこじつ》にも通じ、かつ諸大名の氏名・官位・領地等をすべて記憶しなければならない。「怜悧英邁《れいりえいまい》の仁にあらざれば堪へず」と言われる所以《ゆえん》の役職である。御三家や諸大名への上使を務めることもある。譜代大名から選任され、老中への登竜門で、二十～三十名が当番、非番となり交代で務めることになる。この中から四名が寺社奉行の兼任となり、大坂城代、老中と上っていく出世の登竜門でもある。

謙映院は振り出しのこの役を早くこなして次なる寺社奉行にと、老中に一歩でも近付けるよう励ますが、足元からひとつずつしっかりとこなすことが一番と言う堀田正敦の言葉が耳に入っている正篤は、彌一兵衛に助言を受けながら、自信を持って音吐朗々と伝達に勤めた。新任の奏者番には助言出来るほど有職故実にも詳しくなり、御三家はじめ諸大名の顔を覚え、言葉を交わす仲の大名も出来た。

四

正篤がお国入りをすませて、藩主の形が整ってくると、身の周りも装いを新たにと、若い女が世話をするようになった。藩士の娘というその女つなは、大らかで明るく、幼児のように素直な所もあり、会話がはずんで楽しかった。上屋敷のお付の者たちの堅苦しい様子に、下屋敷の奔放な生活が懐かしく思い出されたからかもしれない。

母子三人で自由気儘に過ごした下屋敷の生活がふっと頭をかすめては、自分の少年時代は終わったのだと納得させてはみる。とはいえ、小鳥の鳴き声を聞きながら落ち葉を踏みしめた雑木林や、母の手作りのお握りにお鉞の作った芋の煮っ転がしを腰に、荒井安治や出野斧太郎を供に近くの川や野原を駆け回った日々が懐かしい。奏者番で緊張の日々が入り込んできたからだろうか。下屋敷の思い出の数々は、いつも正篤の心を和ませてくれる。

姉上が嫁にいってしまったからかもしれないとも思う。お鉞は正篤が奏者番になる前の年、三河国岡崎藩四代藩主本多忠孝に正室として迎えられた。藩主になったばかりの正篤も、当のお鉞も手の届かない所で、老臣たちによっていつの間にか決められていた。

十九のお鉞は、あのお転婆がと驚く程のすまし顔で、格式を損なわない装いで嫁いでいったが、正篤に頷きながら見せた笑顔と滲んだ涙が、いつまでも心に残った。

入れ替わりに下屋敷に移った正愛の正室幾千子も正篤には気になる女性である。正愛が亡くなった後謙映院と号し、父松平治郷《はるさと》が始めた不昧流《ふまいりゅう》の茶道を家中の者に教えている。

「大名なら、嗜みとしてお茶の作法は心得なければなりません」謙映院は当然のように告げると日にちを指定し、正篤の茶道の師匠に納まった。お二人だけではと、彌一兵衛たちも御陪席をと茶室に同席するが、謙映院は構わず正篤を主客としてもてなしつつ、作法を厳しく教えることをやめはしない。

二人っきりの時もある。すると正篤の身づくろいを直したり、手を添えて作法を教えたりする。四つ年上の謙映院の女らしい仕種や肌の香り、添えられた手の柔らかさに胸をときめかせる正篤だが、義母との思いが態度を固くさせる。

正篤が特に心惹かれたのは、謙映院の物の見方考え方である。堀田正敦によって目覚めさせられた異国への興味と関心は、謙映院との共通の話題となった。「伯父様のところでは海を通じて世界と繋がっていると教えられましたし、地球儀や『解体新書』に驚かされました。それに、西国の女性が自由だというお話もよくお聞きしました」と教養ある知的な女性としての関心を口にし、正篤を驚かせた。「正敦様は若年寄として素晴らしいお働きをなさっていらっしゃいます」と正篤が尊敬をこめた口ぶりで話すと、「正篤様には是非とも幕閣で伯父様のようにお働きいただきたいものです。妾もそのお力になりたいと存じます。それが謙良院様(正愛)に嫁いだ妾の夢でした。謙良院様の代わりに、正篤様にご活躍いただきたいと願っております」と正篤のおっとりした態度が物足りない様子だ。

謙映院は男であれば自らが老中として腕を振いたいと言い出しかねない、女性には珍しい気概を持っている女だ。正篤はそう思った。幼い頃から女子にも教養をと、四書五経を始めとする書物を父不昧公より与えられた。それらを兄に負けじと身につけたからだろう。好奇心旺盛な話し相手となる女性であることが、正篤をひきつけたのである。引き締まった顔だちで、問いかけると一瞬考えて筋道だった答えをする。女が政《まつりごと》向きの話し相手になる。女を感じてときめきもするが、考えすぎてこれと決めるのが遅い正篤にはその素早い受け答えが、時に思いもかけない言葉が飛び出してくるのが魅力的だった。

奏者番として出仕しながらも、佐倉藩の乱れを何とかしなければという苛立たしさが正篤の頭を去らない。非番の折を見て国元佐倉の様子を尋ね、彌一兵衛と話し合ったりもするが、金井と庄田に支配される藩政を抑えるだけの手立てもなしに口を挟むわけにもいかない。そんな正篤の様子に、成長され一人前に公の場にもお出になり気苦労も多かろうと、彌一兵衛はつなをお側に勧めたようだった。

正篤は月に一度は佐野藩下屋敷で堀田正敦の教えも受けた。世の中を知らず後を継ぐことになった正篤に、藩主として、更には幕閣としての心得を是非ご教示願いたいとの彌一兵衛の懇願に、正敦が快く応じてくれたのである。

「書物の上だけでは駄目だ。わしが経験したことを話して進ぜよう。賢明な正篤殿はそこから生きた政《まつりごと》の何たるかを掴《つか》んでくれるだろう。これからの我が国を背負う正篤殿に是非とも必要な異国のこともお話し出来るだろう。帝王学などといった大袈裟なものは致しかねるが、年寄りの世迷いごとでよろしければ」と。正敦はさらにくだけてみせた。

「ここでは気兼ねすることは何ひとつありませんぞ。些細《ささい》なことでも、不審に思ったら口にしてみるとよい。心の中は誰も覗けないしな。なあに誰も笑う者はおらぬ。些細なことが重要だったり、重荷と思っていたことが己の頭の中で膨らみすぎ心配事の塊となっていた。実は取るに足りない些事だったなどということはよくあることだ」

正敦はわが子のように打ち解けて、己の思うこと信じることを率直に正篤に語ってくれた。難しい話も噛み砕いて親身に話してくれる。一つ一つが正篤には楽しみであり、笑い話の中に目を開かれる思いにうたれたりもした。知識として名前だけは馴染んだ堀田一族の誰彼が、正敦の活き活きとした話しぶりに身近な存在と変わり、我がことのように心を昂らせもした。かくて正敦からは碩学の彌一兵衛や学者の石橋旦から受けた理想の政とは違う生臭いことも学び、自分には出来ないなと思うようなことをも包み込む度量も養われたようだった。異国の進んだ技術や考え方の違いに驚き、強大な武力を以って印度などを支配するという異国の別の顔に恐れを抱いたりもした。その席で謙映院と顔を合わせることもあったが、伯父上と甘えながら、物言いがはっきりしているところが他の女と違うなと改めて感じた。正敦に言われると畏まって従っていたのに、正篤には義母として力を振おうという様が見え、正敦にたしなめられていた。

五

奏者番に任じられると、公に独り立ちされたのだから、それに相応しい方を迎えなければならないと、彌一兵衛はまわりにちらっと目をやり、口調を改めた。

「ただし、謙映院様はなりませんぞ。ご養子ですから、母上に当たります。お立場をお考えになりませんと、乱れの元になります」

何か二人の間にただならぬものがあるような言い方である。

「わしにはそのような考えはない。今は奏者番を務めるのでいっぱいじゃ」

彌一兵衛の言葉で正篤は幾千子を女として意識したが、強さが魅力であり、知的な語り口も楽しいが、妻女としては合わないとどこかで感じてもいた。

「お気に召されたら、つなを側室になさったら如何かと存じます。つなもそれは始めから承知しておりますので」彌一兵衛はそう言うと正篤の顔を見た。

「西国では側室は置かぬそうじゃ。正室を娶るのが一番ではないか」

正篤の胸に、「恐れ多いことですが、家斉様には何十人ものご側室がいらっしゃり、お子も何十人もいらっしゃるとか。女として堪えられませんわ」と正敦に怒りを投げかけ、これはきついことをと笑われていた謙映院の言葉が閃いた。

「西国は西国。この国にはこの国の作法がございます。ご側室は一国を預かるお方にはおられるのが当然です。お跡が絶えぬようにお考えになるのが殿のお立場です。されど只今殿からご正室のお話もありましたので、しかるべき先をお探し致します」

彌一兵衛は嬉しそうに言った。何か含むことがあるような口ぶりだった。

女を意識するようになると、日頃世話をしてくれるつなが、気になり出した。からかうと向きになって怒り、正装の澄ました姿がおかしいといっては笑う。髪飾りが似合うと褒めた時、恥ずかしげに俯《うつむ》いた姿に心惹かれた正篤は幾つか訊ねてみた。十八と聞いて、大人になっていたんだと改めて顔を見た。見つめると返ってきた眼差しに異様な胸の高鳴りを覚えた。肌の香りが強く匂った。

翌天保元年（一八三一）三月、正篤は越後高田藩主榊原正令《まさのり》の女《むすめ》節子を正室に迎えた。彌一兵衛が計らい、老臣たちが纏めた話である。「これで殿も堂々たる佐倉十一万石の藩主になられました」と彌一兵衛はほっとしたように言った。謙映院は、妾は正篤様に軽々しくお近づき出来なくなりましたと彌一兵衛のいない折にそっと囁いた。謙映院がいたから彌一兵衛は事を急いだのか、そうかもしれぬと、正篤は初めて気付いた。母芳妙院は元服の時と同じように晴れ姿をあれこれ世話をしていたが、自分の役目はもう孫の守くらいであると淋しそうな顔をしていた。お鉞は格式ばった言葉遣いの祝いの便りをよこした。「妾が弟左源治様」欄外に追伸の形をとった濃い墨の走り書きが懐かしく胸を打った。

節子は丸顔でつなより子供っぽかった。十五歳なのだからまだ子供なのだとも思うが、いたわしい感じがして、幼子を保護するような気分になったのが意外だった。正篤の言うことを一つ一つ、驚きを交えた表情で聞き入り、感嘆の声をあげたりする。謙映院は理知が過ぎるが、節子は可愛らしいが手応えがなく物足りない気もした。ただ素直で優しい気遣いが嬉しかった。

当たり前の話だが、女性も人それぞれで、その輝いている姿には異なる魅力があり、心惹かれる。お鉞は姉弟ということで女という意識はなかったが、つなも節子もどちらにも女としての違った魅力を感じる。二人ともだから好きなのだと謙映院に問い詰められたらそう言おうと考え、正篤は気が楽になった。そして通いたくなる時はその日の気分でつなに足を向けたり節子を相手にしたりした。しかし、節子にはかたくなな少女との思いがなかなか抜けなかった。

この年思いがけずつなに子供が出来た。女の子だった。初めての子だ。壊れそうに小さく、泣き喚くが、一つ一つの動きが見飽きず、お付がいない時に抱いたりあやしたりした。こんなにも可愛い命が授かるとは。大いなる者に頭を垂れ、生命の不思議さとありがたさを噛みしめた。

六

幕政に足を踏み入れた正篤ではあるが、足元の佐倉藩政への思いは常に頭を離れなかった。側用人渡邊彌一兵衛との話でも、課題は一致していた。曰く老臣の跋扈《ばっこ》（勝手気ままにふるまうこと）、士風の頽廃《たいはい》（おとろえすたれること）、財政の窮乏の三つである。しかし若年の正愛の元藩政を牛耳っていた金井と庄田の二老臣の権勢は藩内をくまなく覆い、後を継いだばかりの正篤の及ぶ所ではなかった。幕政に関与したのは、一つには外から正篤の力を藩内に示したいとの思惑もあった。就封の挨拶で人柄は好意を持って迎えられたが、その言葉が重きを持つまでには至らなかった。

急な改革は禍根を残す恐れがある。時機を待って根本的な手を打つべし、と思い決めていた正篤であったが、その佐倉で思いがけない事件が起こった。番方の旗頭として勢力を誇った金井右膳が急死したのである。

七月初め、佐倉より金井右膳についての伺い書が送られてきた。老臣にあるまじき行いがあったというのである。何事かとみると、

「金井右膳殿、亡父玄器の埋葬に際し、菩提寺に断りなく別寺に葬りしため、菩提寺との間に紛争生じ、菩提寺の本寺たる信州松本の宗圓寺と争うに至る」風光を愛する勝胤寺に葬れという遺言があったとはいえ「社寺を相手に他藩と争いを起こし己の言い分を通さんとせしこと、老臣の列たる者にあるまじき振舞いなり」菩提寺に改葬し騒ぎは収まったが、「先代の跡継ぎで殿を措いて正脩様を推し

たばかりでなく、右膳は日頃から奢り昂ぶった態度が多かったため、弁護する者はおりませんでした」

老臣佐治茂右衛門は伺い書にこう添書きしていた。

正篤は彌一兵衛に諮り同意を得ると、老臣を免じ大寄り合い席に貶すとの伺い書を允可《いんか》（許可）した。ところが、正式の処分が発表となる直前の八月、右膳はにわかに病んで歿した。

「さては処分を漏れ聞き恐れて自害したに違いない」

報せを聞いた正篤も、謹んで受けもせず抗議の自害かと腹立たしい気分になったが、調査の結果病死に間違いないとわかったため、その子善六郎に家督相続を許した。職はしかし更に貶し、広間取次ぎとした。

「これで城代家老、老臣で勝手主役の庄田様が国元を牛耳ることになります」

渡邊彌一兵衛は、「それにしてもまだ改革とは言えませんなあ」と一息ついて正篤を見上げた。

「急な改革はならんぞ」正篤は諭すように答えた。

「治水の術は、下より流すべし。上より流せば塞がり、下より流せば即ち通ず」

正敦の言葉が胸をよぎる。今暫く隠忍して時節を待つのだ。とはいえ改革に向け静かに人事は始めねばならぬ。正篤は翌天保元年（一八三〇）、番頭佐治茂右衛門を金井の後の老臣に任じた。金井のいなくなった国元では庄田孫兵衛が依然として藩士たちの尊敬を集め、取り巻きを集めた酒宴を開き、勘定方の家臣への金貸しも続いているという。

金井右膳は学を衒《てら》い（ひけらかす）武を誇り尊大に過ぎたが、藩内の傑出した人物ではあった。学問を身につけ武芸を磨くことが武士の本分であると深く思っていたようだ。しかし年寄りとなり総大将ともいうべき房総総奉行に任じられてからは思い上がったのか。謙虚さを忘れると人は信頼も尊敬も失ってしまうのか。惜しい男だったと言えよう。

しかし、庄田は全く違うという。渡邊の報告は驚くべきものだった。

庄田孫兵衛は学問を馬鹿にし、自らも学ばず、旧例古格を守っておればそれでよしとしていた。「武を以って仕える我等、何ぞ軟弱な文を修めるべきや。学問は長袖者（公家や僧侶）流のなせる業のみ」金井亡き後、この言葉が今や一藩を覆っていた。その孫兵衛が依然として藩士たちの尊敬を集め、自らも「借財で我が藩は持っている。わしや会計方に才覚があるから金が廻るのだ」と豪語しているそうだ。そして正篤が最も気にしていた藩財政は、頼みの向籐左衛門の「三ツ割の法」が失敗に終わった。話を聞きながら胸をときめかした改革だったが、向は主役御免となり後を継いだ庄田は向のあとを継がなかった。

上に立つ者が藩を導くより致し方ない。思い決めた正篤は藩政を決める老臣を変えることに活路を見出そう、金井のいなくなった今だと、改めて人を見、磯谷平蔵を番頭から老臣に、入江彦左衛門を江戸の主役に任じた。平蔵は彦左衛門の兄で、兄弟が同時に財政の権を握ることとなった。

ここに先に老臣に任じられた佐治茂右衛門から声が上がった。庄田たちに気付かれぬよう江戸の老臣入江彦左衛門に直接届けられた書状には、佐倉の実情が述べられた後、

「しかるに、藩を預かる老臣は、庄田を始め皆学なく識見なく、禄に汲々とする凡庸な輩のみ、共に事を諮るに足る者はございません。唯一人渡邊弥一兵衛こそ、この佐倉藩の窮状を救える男だと心底思うに至りました。つきましては彌一兵衛を老臣に任じ、藩政改革を委ねていただきたく存じます」

佐治の書状は熱意にあふれていた。入江も、「それがしも同じ考えです」と彌一兵衛を用うべしと強く主張した。佐倉と江戸、同時に意中の男を推挙した。

「潮合よきぞ、いざや帆を上げん」

隠忍して時節を待ったのは、正に下より流して通さんと願ったからだ。今こそその時だ。機は熟せり。決心がついた正篤は、渡邊彌一兵衛を老臣に上げ、藩政改革に全力で取り組み旧来の悪弊を全て洗い出し抜本的な改革をせよ、と命じた。

七

老臣となった彌一兵衛が佐倉に入ると、ご挨拶をと親戚旧友がやって来た。庄田孫兵衛は、年寄役就任の祝いの席を設けたと声をかけてきたが、彌一兵衛は多忙につきと断った。そんな渡邊のところに、栄進の祝いにと豪華な膳を送ってきた者がいた。城下の豪商三木屋である。以っての外、以後かようなことは一切罷りならんとつき返したという。この話が伝わったらしく、思いがけない便りが彌一兵衛に届いた。城下の道場で同門だった旧友潮田儀太夫からである。八歳年上の儀太夫は先物頭だったが、今は房総海防の任にあり、千葉の陣屋勤めという。美膳を返したと聞き、若き日の一徹の君を思い出し、今こそ藩政改革の時至れりと思ったと言う。彌一兵衛は密かに千葉に赴き、儀太夫と腹蔵のない意見を交わした。財政の建て直しは如何、士風の頽廃は、藩士救済は、思うところは同じだった。佐倉に帰ってからも手紙を往復し、時に顔を合わせ方策を考え、佐倉の只今とこれからに最適の道を探った。ここに今一人、佐治茂右衛門が加わった。弥一兵衛を推薦した佐治も志を同じくしていたからである。佐治の家は彌一兵衛の向かいにある。城が退けた後、密かに彌一兵衛の家で協議が続いた。

庄田の一統に事が洩れては改革の道は妨げられる。事は疾風迅雷、一大英断を以って強力に押し進めなければならない。三人の意見が一致し、先ず藩主正篤にありの儘を報告し、決意を固めていただくのがよいと決まったと、二月二十一日、彌一兵衛は殿側近の小納戸元方井村岡之丞を通じて「四維《しい》説《せつ》」と題する一書を上申し、藩地の実状をつぶさに述べ、藩士の救済を訴えてきた。

「礼儀廉恥は国の四維なり。四維断つときは一国即ち亡ぶ。青雲公（堀田正亮）四維の器を作りて座右に置き、日夕之を見て、戒めと為し給ふ。今や佐倉の風俗、四維殆んど乱れ、先君の御遺訓、地を掃うて空し、慨嘆に堪ゆべけんや」

先君の御遺訓、言葉の上では承知していたこの四維がどのように乱れているのか。人として守るべき礼儀、人の踏みおこなうべき道理たる儀、私欲なく潔い廉、自らの至らなさに恥じる恥、この四つの徳目、礼儀廉恥なくして心豊かな希望に満ちた国は出来はしない。「四維説」と題した彌一兵衛の上申書は、佐倉の惨状をこう切り出していた。

「近年財政困難にして、士風頽廃し、上に法令の威なく、下に廉恥の心なし、有司（役人）賃を貪り、私を行い、府庫の公金しばしば紛失の沙汰あるも、皆恬然《てんぜん》（平気なさま）として怪しまず、外様の輩《やから》（連中）は衣袴佩刀を典當（質入すること）して、藩城の勤番に堪へざる者多く、病と称して、閑居して不善をなす者、日々皆然らざるはなし」

財政難が藩士の心を蝕み、公の仕事まで疎かにせざるを得ない有様である。これほどとは、正篤は先を読むのが恐ろしくなった。

「盗賊しきりに徘徊して、衣類を盗み、米銭を掠め去るもの多く、赤羽定右衛門は穿ゆの罪（垣根を越えて盗みに入ること）を犯して一朝刑場の露と化し、山本稲右衛門は凶刃の刃に罹りて、一家惨殺の厄に遭う。城中城外、四度火災の難ありしと雖も、給人無足の出でて警戒する者なく、歩卒にして急騎《はやうち》の業を修むる者、定日ごとに来たり集まる者三、五人に過ぎず、為に延会することしばしば之あり、一朝緩急あらば何を以ってか之に応ぜん」家臣の惨状はこれに止まらない。

「神保巴門の妻は、去年十月寒風肌を刺すの時、単衣《ひとえ》（裏のついていない夏服）一枚のまま、敷居を枕にして死す。有司の中にも、寒中あわせ（裏地つきの着物）一枚にて凌ぎ、その妻は半纏《はんてん》一枚を着て、下部に前掛けを締むる者あり、給人の中には、寒中畳なく、戸障子なく、四壁蕭然《しょうぜん》（物淋しい）として過ごせしものあり。無足（下級の武士）の中には、家族一同帷子《かたびら》（夏に着る単衣）を着て、藁中に臥せる者あり」

給人、無足のお目見え級の家臣の生活がこれでは、お勤めも満足に出来まい。これでわしが納めていると、胸が張れるのか。

「毎日二食の家は、その類少なからず。稀に一日一食の家亦之あり、海臨寺においては、毎朝仏前の霊前を偸《ぬす》まれざることなく、小児の飢えを叫ぶの声、時に行人の腸《はらわた》を断つ。旧冬餅を搗かざりし者三十八軒、鏡餅を質にいれたる者あり。古下駄、古足袋、擂《す》り粉木《こぎ》を質に入れたる者あり、一両一分の工面に窮し、自ら縊《くび》れ死せんとして、家族に止められたる者あり」

苦しんでいるのは藩士ばかりではない。

「それ商家は士人に頼りて立つ、今や士人困窮して価を払わず、商家為に困窮して業を失ひ、心密かに新たなる領主の来たらんことを望む」言葉が出てこない。

「此の如く佐倉の藩中、四維全く絶えて、不礼不儀不廉不恥の者のみ多し。、此の事もし公聴に達せば、如何なる不幸を招かんも亦た知るべからず」

五千余言の渡邊彌一兵衛の直言は、最後にこう締めくくられていた。

「『夫れ治国平天下』（国を治めて納めて更に天下を安んずること）の基は、修身斉家（身を修め家庭を整え納める事）にあり、行いを正すに在り、君若し天下の政局に當り玉わんと思さば、先ず藩治を改革し、家法を振起して、青雲公（堀田正亮）の盛時に復し玉へ」と。しかるに財政の任に当たる者は却って富み、奢侈に耽っており、若者の非行も甚だしいものがある。

「孫兵衛宴会を好み、己が家に属僚等を招き、飲むのみならず又その家にも往き遊びぬ。又大酔して女子の肩にかかり鄙曲を歌ひたる事もありけり、かかれどその驕逸を咎むる者なし、老臣すでに斯くの如し、その下いかでこれに倣《なら》はざらん。日夜飲して銭を費やすことを厭はず。——少年又その子弟等の所業人目を驚かせり。江戸柏倉の諸地より移り来る者あればその子弟を新たに仲間に入るる式と称しこれを招き、強いて酒飲ませ果ては山野に誘ひあるまじき恥辱を与へ、或いは夜話と称し人家に会し人をそしり女色を論じ、又庚申坊とて人家の庭園に忍び入りて菓菜を盗みこれを集まり食ふ。又城市に遊び酒家に群飲し銭尽ればこれを借り返す事なく、酒家の小者いささかの過失あればそを名として罵し狂ひ、杯盤を擲《なげう》ち戸障子を打ち毀《こわし》、乱暴狼藉至らざることとなし、吏人これを知れども聞かぬ面地して問ふことも無かりき」

知らなかった。こんなにもひどかったのか。正篤は一つ一つに驚き、胸が痛んだ。奏者番如きで得意になっていた自分が恥ずかしかった。この現実、この藩中の行方はしかし、藩主たるこの自分にかかっている。同時にこの一書を認めた彌一兵衛たちのあふれんばかりの思いが身体を満たした。しかし、此の窮状を如何にしたら解決できるのか。苦しいのは藩士だけではない。佐倉藩も多額の債務を抱え、節倹の財政運営をしているではないか。

「ああ藩治の荒廃、家臣の困窮、斯くまではなはだしかりしか、不憫至極、罪は寡人《かじん》（自分）の身に在り、今は速やかに倒懸（非常な苦しみ）の苦を解かざるべからず」

初めて実状を知った正篤はその驚きをこう言って改革に取り組む自らの決意を示した。正篤は彌一兵衛たちの苦労を多とし、改革に策はあるか、思うところを存分に述べるよう、協議の上再度上申するよう命じた。

「調べてみると余りにもひどい状況でございます。これをそのまま正直に言上すべきか迷いましたが、現実を直視しなければ実りある改革にはならないと、お咎めを覚悟で申し上げました。それがしは、何よりも大切なものは人の心だと存じます。未来に向けて明るい希望が持てる方策であれば、困難な道でも皆辛抱し、力を合わせやり遂げてくれるに違いありません」

譴責《けんせき》（叱りつける）を受ける代わりによくやったとねぎらいの言葉を貰い、よい策を練るよう励まされ、彌一兵衛は佐治、潮田と顔を見合わせ喜び、感激に目を潤ませていたが、顔を上げると「必ずよき案をごらんに入れます」と緊張した面持ちで正篤に答えた。

八

改革を決意した正篤は、三月十六日改めて手書を彌一兵衛に与え、速やかに救恤《きゅうじゅつ》（困窮者を救い出すこと）の策を立てるよう命じた。彌一兵衛は四月一日、藩士救済の意見を再び井村岡之丞を通じて正篤に提出してきた。この中で、堀田家初の佐倉藩主となった正俊が安中《あんなか》城主の折に家臣に示した「安中条目」にある「財政は藩制の基にして、藩制は財政の源なり」という言葉を指針とすべしと、佐治茂右衛門、潮田儀太夫とも一致したという。即ち今日の方策は、根本の財政を定めることであり、眼前の藩士の窮状を救うことである。そして根本の財政を定める道は「三ツ割りの法」を基に改めて策を講じることとし、今は眼前の窮状を救う道を講じたい。藩士を救わなければ綱紀を正し秩序を保つことは出来ない。と結んでいる。儀太夫からの書にはこうあったという。

「夫れ、衣食足りて礼節を知る。いまや一藩の士、窮乏の極に達して、廉恥（心が清らかで、恥を知る）の心を失ひ、高きは賄賂を貪り、低きは汚行を恥とせず。怠惰放恣の甚だしき殆んど見るに堪へざるものあり。極弊の根本とは何ぞや。藩士の困窮之なり」と。

正しくその通りだが、それを救う道はあるのか。長年歩引きで藩士に辛抱して貰った結果の今日である。病や何かで一寸出費が嵩むと、借財に頼らざるを得ず、その穴はかつかつの生活をしてきた藩士たちには到底埋められない。金利を返すのが精一杯だろう。酒宴に集う輩は、一体その金をどこから工面しているのだろうか。彌一兵衛の言葉は続く。「藩士たちを救う道は、借財を返済し、多少余裕の出来る金を、藩が低利で彼等に貸し与えることだ」ということでこれも意見の一致をみたが、「藩庫また窮乏につき、経常の歳入より支弁すること能はず」が現状である。思いはあっても金の工面が出来なければ、空頼みに終わってしまう。

借財が出来ればその道は開けるが、向の改革の折、借財整理で金利無しの三十年賦五十年賦と、事実上の踏み倒しに近い処理を押し付けた先もあり、その評判も広がり、貸付先を見つけられないだろう。それでも藩の歳入が年貢に頼っている以上、藩士への新たな貸付金など、借財以外に考えられない。

そして新たな借財は経常費とは別に新たな藩債を起こして之を貸与するがよいが、一体如何ほど必要かを算出し、一万五千両あれば何とか賄えるのではないかと根拠を示している。それは百石には二十両、三百石には三十両、といった石高に応じた藩士への貸与額の割合を基にしたものだという。そしてこの割合を以って貸与すれば、假令《たとえ》十分とは言えなくとも、高利の負債を償却《しょうきゃく》（借金を返すこと）し、家政のあれこれを整理し、その結果武士の武士たる体面を維持することが出来よう。その償却の方法は、毎年百石につき元金三両ずつを還納《かんのう》（返し納めること）せしむれば、およそ十カ年にして盡《ことごと》く之を回収するを得べしと。

彌一兵衛は問題の借入先を改めて検討してみましたと、苦心の結果を綴っている。

商人たちがもし貸してくれるとしても、江戸の豪商は三十両に月金一分（年利一割）と高利である。大坂の豪商は江戸より安く、五十両につき金一分（年利六分）、或いは七十両につき金一分（年利四分三厘）なるもあると聞くが、借り手の西国諸侯の如く、抵当の租米なくしてはとても貸しては貰えまい。正愛公御正室謙映院様の里方雲州松江藩を通じて借用先を捜すことも考えられるが、出来れば金利もないような先が望ましいのは勿論である。

藩債募集先について、彌一兵衛は、次のように記している。

一、野駒金（佐倉領内の牧の馬代）借用で三千両
二、両山（増上寺、寛永寺）よりの融通で二、三千両
三、領内の農民で資力のある者に命じ三、四千両
四、江戸の豪商山田屋金右衛門の侠気を頼み二、三千両
五、藩士伊澤伴左衛門は万金の富あり、任用次第で一千乃至五千両

野駒金、両山は、金に余裕があり、金利もないに等しいため諸大名も借り入れする先である。佐倉藩からも金を出したことがあり、このくらいは殿が願い出れば借用出来るに違いない。領内の富農、藩士は勿論、江戸屋敷出入りの山田屋も、佐倉藩に恩義を感じている先だから、事情を話せば必ずや応じてくれるだろう。

彌一兵衛の改革案には、臨時貸付金で藩士の生活困窮を救うことと並び、文武奨励と節約策による士風の建て直し策が盛られていた。「天保御制」として堀田家の家法として家臣に守らせるべきこの改革は、衣食住等の日常生活の枠を決め、倹約によって武士としての体面を保たせると同時に、それに止まらず文武芸術を進行して士風を高めることにある。衣食足りるように藩が藩士に貸与するの

で、藩士は分をわきまえ武士の本分を自覚し、己の得意な分野で藩のため世の為に尽くしてもらいたいということである。その内容とは、

一、文武藝術之制　一、衣服之制　一、飲食之制　一、居住之制
一、音信贈答之制　一、吉凶之制

と全般に渉る節約策である。これを称して、堀田氏家法の「天保御製」という。

正篤はその目指す志が、精神が、藩の再興に最善の道である、この心がけが皆の気持ちを変えてゆけば、佐倉藩は立ち直れると新たな活力が沸いてくるのを感じていた。

藩が低利で貸与すれば、藩士は高利の借財を整理し、存分に務めを果たせるだろう。だが果たして藩の借財は出来るのだろうか。老臣が藩政を取り仕切ってきた我が藩である。権益を失う庄田たちの反撃は抑えられるだろうか。上申書はまだ続いていた。

彌一兵衛はこの改革を推し進める人物も推薦している。彌一兵衛は言う。

「人には一長一短あり、世に全才の人なしと雖《いえど》も、其短を捨て、其長を採らば、亦以て事にあたるに足らん」と。そして「今は多くは温厚の人を用ひて、気骨の士を用ひず」と述べ、この藩制改革の重任に当たるべき二士として、老臣佐治茂右衛門と潮田儀太夫を挙げている。人和の得ある佐治と清廉だが過激な潮田と、長短を組み合わせた人材であり、他の分野も長短の組み合わせの人材を推薦している。

正篤はその充実した提言とそこにこめられた忠誠の心にうたれ、彌一兵衛を江戸に呼び寄せ、詳しく説明を求め検討を重ねた。これなら長年の懸案が解決出来る。ただこれの実行には庄田たち重臣が必ずや反対するであろう。正篤は、藩政改革の決意を固めると共に、今が人心を一新し佐倉藩を蘇えらせる時だと胸躍らせた。

九

天保四年（一八三三）九月二十六日、佐倉に於いて藩政改革の大号令が発せられ、渡邊弥一兵衛がその主任、佐治をその補助役とすることが正篤の名で正式に発令された。同時に藩政を動かしてきた二老臣の実権を奪った。手立てが出来た今が果断実行のときであると。

先ず庄田孫兵衛を家老次席に上げ、老職及び勝手主役を免じた。庄田は実権のある役を免じられ、家老という名目が与えられる形となった。また江戸主役の一色膳右衛門は老齢で病がちであるとして職を免じ、小書院着座を命じた。小書院着座は家老以外は命じられて着座出来る栄誉の資格である。こうして前代からの権臣二人は、その名誉を保ちつつ実権を奪うことが出来た。正篤は更に渡邊彌一兵衛を勝手主役に任じ、最高責任者とした。

主役は普通任期があるが、この度は改革終了までの任期のない主役である。

庄田殿が実権を失った。渡邊殿が主役になった。一体我々の生活はどうなるのだろう。借財に慣れてきた家臣たちに動揺が広がった。

十一月十六日、暇乞いをして佐倉に帰った正篤は、独令（お目見え）以上の家臣を本城三の丸に召集した。威儀を正して登城した家臣たちは、家格に従い不安げに居並んだ。改革があると聞いていた家臣たちは、「これ以上歩引きが増されたら、立ち行かぬ」と心配する者、「またいつもの有り難い訓諭のお話であろう」とあざける者ありと、様々だった。これまでも何度も「改革」のお触れが出されたが、中途で挫折したものばかりである。このたびも似たようなもので、どうせ何も変わりはしない、との思いで集まってきたのであろう。

正篤が、老臣若林杢左衛門、佐治茂右衛門、磯谷平蔵、渡邊彌一兵衛を従え姿を現すと、座は静まり返った。

「一同の者、面を上げい」

正篤は見上げる家臣の顔を眺めた。疲れた様子で身づくろいも粗末な姿が目につく。

「何れも年来勝手向き不如意の段、不憫の至りである。したがって家法もゆるみ風儀も宜しからずやに相聞こえ痛心に堪えない。ついては我等の存念、書付を以って申し聞かす」

四百余名がじっと見上げている。家老若林杢右衛門の読み上げる声が響き渡る。

「謙良公の御時会計三分の法を設けたが、臨時の費用続出し終にこれを中止するに至った」

「――今や家中何れも窮乏に迫りて、朝夕凌ぐことの出来ぬ者があると聞く。これを傍観することは出来ぬ。さればこの度他より借り入れ、禄高に応じ之を希望する者に貸与することとした。各々負債を弁済し、家法を整理し、それぞれの分限を守り、倹素を尊び、文武の両道を修めて、武士の本道を全うするように」

どよめきが起こった。「お貸し金だと」「我等に殿が手を差し伸べてくださる」「何と有り難いお話だ」という叫び声と共に、様々な声が湧き起こった。

「静まれ。これからその方法を申し述べる。御貸し金は石高により次の例に倣い、望む者に貸与する。よいか。百石は二十両、三百石は三十両、この割合で石高に応じ貸与する。詳しくは己の石高でいか程か承知せい。三十俵三人扶持に至ってもお貸し金は十両となっておる。よいか、上は三千石から下は一人扶持の者に至るまで、この割合で貸与するという殿の仰せだ。但し返済期限は十年。利子は五十両につき一カ月金一分（年利六分）を納めて貰うぞ」

「今日は何という吉日だ」「誠に思いもかけないお話だ」「お天道様も空も風も、何と麗しいことか」

腰を浮かせ手を差し伸べる藩士たちに、渡邊彌一兵衛が声をあげた。

「待て。この度藩が借り入れてそなたたちに貸与するについては、守ってもらわねばならぬことがある。先ほどご家老のお言葉にもあったように、これで高利の借財を整理し家法を整理すると共に、文武両道に励み、分限を守った暮らしを心がけてもらいたい。詳しくは各々にお渡しする七カ条の決まりを熟読し守ることを誓い、貸与を受けるように」

ひとわたり藩士の顔を眺めまわし、表情が輝いているのを見て取り頷くと、彌一兵衛は巻紙を開きながら読み上げた。

「第一条、藩士たる者文武両道に励むこと。ついては之より後、世禄の士（世襲の家禄を受け継ぐ者）が死去したばあい、その嗣子は、文武の道に熟達するまで通常の家禄歩引きの外に更に増し引きを課す。但しじゃな」

彌一兵衛は、顔を上げてざわついた藩士たちを諭すように言葉を続けた。

「この増し引きだが、文武いずれかに熟達した者は之を免除する。その成業の程度は、文学は小学、四書、礼節は嘉礼、算法は演算術、兵学武芸は師の奥義免許に至るを定めとする。よいか、相続において増し引きを受けないためには幼時より文武の道に励ませることだ。温故堂の入学の始めは八歳、十五歳に至れば全て学ばせる。武芸は十五歳で好む師に仕えその術を学ぶなどの道を子弟に選ばせることだ。委細は決まりを見よ。己の好む道一つでよいのじゃ。その道で成業に達したと認められれば増し引きは免除だ。一術免許の制とでもいうかな」

ほっとした顔、意気込んで彌一兵衛を見つめる者、一様に表情は真剣だ。一言一言に応と言うように頷いている。

「第二条から八条までは衣服、飲食、居住、遺贈ならびに五月幟、雛人形の制である。各々分限を守り、家格に応じてこの法を守れば、出ずるを制することが出来る。己の身分では如何なるかは、後ほど決まりを見て確かめていただきたい。その一つ二つを申しあげるので、内容のあらましはおわかりいただけると思う」

彌一兵衛は一段と声を高めた。

「衣服は中小姓より徒士は式服平服共に木綿・晒《さらし》（さらして白くした麻布または綿布）・麻、帯は絹糸が入っても苦しからず。絹布は病人等許された者に限る。飲食の制では酒は三献（酒肴を出し、一杯ずつ酒供して膳を下げることを一献といい、それを三度繰り返す）まで。三百石以上千石以下は一汁三菜、客は八、九人。他に年若の者が集まりて酒食を催すを禁ず。遠出は野装束にて輿弁当持参し町家にて猥《みだり》に飲食を禁じる」

ふっと一息入れると、彌一兵衛は正篤に顔を向けた。

正篤が頷くと、

「居住の制では百石〜二百九十石までは建坪二十七坪〜三十三坪、門は腕木門または木戸門、玄関は弐間箱段、畳は座敷は近江表縁附、玄関居間は七嶋表縁附、これは直ちにではない。立替修復の節に改めるのだ。音信贈答の制、吉凶の制も同様に厳しく定められておる」

「殿からお言葉を頂く前に一言申し述べたい。本日金員を貸与するのは、借財を整理し家法を整えるためである。東海に尾閭《びろ》という処ありという。海水この海底の尾閭より絶えることなく洩れるといわれておる。奢侈《しゃし》は正に人生の尾閭である。収入皆之より洩る。この無底の穴を塞がずんば、千金万金を給与するも亦何の益かあらん。殿が諸氏のためにと我等にお命じになって処方から借用できた金員である。心して使うように」

彌一兵衛が殿と頭を下げた。

「皆の者、面を上げよ。——老臣たちの篤き思いが実り、今日を迎えることが出来た。領民があっての領主であり、藩士あっての藩主である。わしの心はいつも藩士領民にある。とはいえ藩財政は苦しくそちたちにも長らく苦労をかけた。この度の改革で佐倉藩士としての誇りと自信を取り戻してくれると信じておる。衣食足りて礼節を知るという言葉があるが、この度の取り組みはただ単にそれに止まるだけではない。家に不学の徒なく、人に無芸の者なからんことを期したいのだ。借財の重荷を藩が肩代わりするこの機に武士としての気概を取り戻し、互いに助け合い、わしを支えてくれ」

「殿、殿、おー」という叫びが上がった。

貸与を始めると、恐る恐る並び始めた藩士が、たちまち長い列となり、金を手にすると、涙を浮かべお互いに喜び合っている。昼近くなり日は高く上がっていたが、三の丸から二の門に向かう道は、来たときとは別人のように軽い足取りで弾んだ声を交し合う藩士たちで一杯だった。用意した一万五千両の金はたちまちのうちになくなった。

十

ここに貸与を請わなかった者が四十五人いた。貸与を始める前にその者たちを集めた正篤は、皆に向かって、この者たちの心がけを見習わねばならぬと褒め称えた。

「その方たち、日頃倹素を守り、よく公務に励んでくれた。誠に武士の鑑である」と。

そして身分に応じ、刀剣等褒美の品と金子を与えた。栄誉を皆の前で受けたこれらの者たちは、誇りを胸に晴れやかに三の丸を後にしていった。

しかしながら、庄田流に馴染んだ者の中には、これを嘲笑う者もいた。

勘定奉行試補田島平之丞は、庄田孫兵衛の腹心の仲間と宴飲を常としていたが、

「之も亦令の触れ流しと同じだ。長続きする筈がない」

有難がっている藩士たちに、だまされるなよと、金貸しとしての力をかさにきて借りた藩士たちのところを歩き回っているという。皆あんなに喜んでいた。それを台無しにするような風評を流すとは

怪しからん。小さな芽でもこの動きは見逃すわけにはいかない。正篤は十一月二十二日、田島の職を免じ謹慎を命じた。

江戸では老臣入江彦左衛門が「成り上がりの渡邉彌一兵衛如きが威張りおって」と、改革を批判し、我が力を誇示しているという。「老臣会議に諮らなかったとはいえ、わしが決め、皆を集め布告し説明したことだ。責任ある重臣がわれに背くとは許しがたい」正篤は本気で怒ったが、それでもしばらく様子を見た。しかし入江は文武に励むこともなく、相変わらず宴を続け倹素の掟を守る心がけも見えないので、翌天保五年（一八三四）一月、老職を免じ、格式を番頭次席に貶《おと》した。

「入江殿の御処分は、改革を進めるのに格好の引き締め策となりました。何しろ田島とはちがい、老臣ですから。この度の改革に殿が厳しい姿勢で臨まれていらっしゃることがわかったに違いありません」

彌一兵衛は、「畏怖され威厳が伴った」潮田がこう喜んでいたとほっとした様子だった。

かくして改革も浸透し順調に進むかに見えた天保七年（一八三六）、率先模範を示すべき佐倉藩の名門若林杢左衛門を処分しなければならなくなった。

若林杢左衛門は、藩祖正盛の頃からの老臣で三千石を領し、上下の信頼は厚かった。ややもすれば尊大自尊の風があったが、皆之を見過ごし咎める者はいなかった。改革の書付は杢左衛門が発表した。正篤は改革を終え帰府に臨み、特に杢左衛門を呼んだ。

「汝よく新法を遵守して、皆の範たるべく務めよ」

と諭し、手ずから父正時の短刀を授けた。しかし、杢左衛門は家柄をかさに勝手な振舞いが多く、改革の禁を破り法に背き、人々に指弾される行為も多かった。そこで四月になり、老職を免じて大寄合に貶した。その後も自ら省みる所なく、行いは改まらなかった。このままほしいままにさせては改革の威令が立ち行かなくなる、今は泣いて馬謖《ばしょく》を斬らざるべからずと、その食禄の半ばを奪い、槍奉行次席に貶した。

「法令に背けば、ご家老と雖もかくの如き厳しい処分が下される。ましてわれらごときは如何なる厳罰を蒙らんも知るべからず」

この処分を聞いて一藩の者皆新法を旨とし、これが絶対の決まりとなった。この一連の改革は「巳年の改革」と呼ばれた。

十一

正篤はこの度の改革に、特別の思いがあった。藩政改革を志し、佐治をついで渡邉を老臣に任じ、金井、庄田の勢力を抑える体制を徐々に作りつつある間に、大事な人の死に遭った。機の熟するのを待ってと辛抱したが、間に合わなかった。二人が生きていてこの改革の成果を見たら、さぞ喜んでくれるだろうと思ったからである。

天宝元年秋、姉のお鉞は二十二の若さでこの世を去った。本多氏に嫁ぎ子供を授かったと喜んでいたのに、難産で母子共に死んでしまったのである。母芳妙院と共に出産祝いに何が良かろうかと楽しい話題にしていたのに、思いがけない結果となった。渋谷の下屋敷を訪れ、幼い頃に遊びまわった部屋に入ったり、話題が盛り上がった食事の場に足を運ぶと、お鉞の姿が思い出されてならなかった。庭の木々や草花、そしてさえずる小鳥の声は昔と変わらないのに、何故こんなにも早くお鉞は逝ってしまったのかと、残念でならなかった。「左源治は立派な藩主になれるわ」と、いつも励ましてくれた姉。節子を正室に迎えた時、「これで一人前の佐倉藩主ね」と長い手紙を寄越した姉。藩主としてみるべき成果が出てきましたと報告し、喜んでもらいたかった。

改革の前年正月には、支藩の堀田正敦が七十八年の生涯を閉じた。若年寄として幕政に関与しながら、佐倉藩をそして正篤を支え導いてくれた恩人の正敦である。奏者番になった時は、「先ず第一歩を踏み出されましたな」と喜び、それとなく目に止めてくれていたのか、「お仕事ぶりもご先祖に恥じない堂々たるお振舞いです」と息子を励ますように肩を叩いてくれた。推挙してくれた渡邊彌一兵衛のお陰でこの改革が出来たのですと、お礼と共に今後のご指導もお願いしたかった。

人はこの世に生を享け、高々百年の命を与えられ、一体何のために生きるのだろうか。折角授かった命も、お鉞のようにまだこれからという若さで召し上げられる者もあり、正敦のように八十年近くを世の中を動かす立場で働く者もいる。自分は藩主の血筋とはいえご厄介の身から思いがけず藩主となれたが、下層藩士に生まれ、或いは農民に生まれれば、その生涯を送らねばならない。謙映院は女子に生まれたが為に、身分は勿論、勉学の道さえ思うに任せぬ。西国では男も女ももっと自由に、己の能力と才覚で道を切り開いてゆけると、正敦伯父に教わったのに、この国に生まれたが為に、身分こそご正室と奉られたが、今や前のご正室という飼い殺しの身と嘆いている。

父自性院様（正時）はご厄介様として四十五歳まで風流に生き藩主となった。菊を愛で風流で生き抜いたほうが幸せだったかもしれない。そして正愛は十三歳で藩主とはなったが、万事節約の日々をいかんともし難く過ごされた。二十七年の生涯をどんな思いで過ごされたのだろうか。あれこれと考えると、己の進む道が定められた自分にも、別のありようもあったかもしれないなどと考えたりもする。

自分は身分家柄が定められた運命の元で生まれてきた。いかほどの寿命を授かるかはわからない。しかし、人は皆それぞれ違った星の許に生まれ、与えられた生を生きるしかない。生まれを選ぶことが出来ないとしたら、その中で精一杯生きてゆくしか仕方がないのではないか。今の自分だったら、今日改革をして藩士の暮らしの助けとなったように、藩士領民が日々明るく希望を持って生きられるよう、上に立つ者の務めを果たすことだ。足元をしっかりと固め、我が身を磨き、与えられたお役目に全力を尽くす以外にないと、考えが少し固まってきた。正敦も足元を固めることが始まりだと教えてくれたではないか。人生は一度っきり、先行き何が待っているかわからない。だがあれこれと想像を廻らしてみても、現実は予想外のとてつもない姿で、突然にやって来るかもしれない。だから、ただ何かを待つというのではなく、自らが目ざす道を決めそれに向かって進み、そこで生じる問題を解決しながら心に叶う仕事をする以外にないのではないか。棺を覆われたとき、一つでも己が満足することが出来たといえるものがあれば、己の人生を生きたことになる。そんな風に考えられるようになった。これも課題の一つ、藩政改革を実行し成果が出始めたという自信が心を落ち着かせる結果となったのかとも思う。渡邊をはじめとする家臣たちが、殿のお指図で活気あふれるご領内となりましたと、明るい顔で接してくれるのが、何よりも気分を快くさせてくれる。

そして、内向きはといえば、節子は細かい政治向きの話はせず、しかしご苦労はお察ししますと甲斐甲斐しく世話をしてくれる。大人びてきたとはいえ、少女のように素直で優しく、恥じらいを籠めた笑顔で正篤を受け入れてくれる。側室のつなは、女らしいあでやかな姿で、正篤を別世界に連れていってくれる。全てを忘れ今の快さに浸れる。謙映院は相変わらずその教養と知性で正篤の相談相手になってくれる。ただ正篤を現在に落ち着かせてはくれない。領内も大切ですが、更に上を目指し、幕閣で殿のお力を存分に発揮できるような大きなお仕事をなさいますようにと。そして何処で聞いてきたのか、「西丸老中水野越前守忠邦様は、しかるべき筋に多額の黄白を献上なさったともっぱらのお噂だそうです」と女ながら生臭い話までして正篤の出世をあおりたてる。

正篤は老臣たちの信頼と支えが嬉しかった。また、女たちのそれぞれの態度が癒しや活力の元になるようで、お鉞や正敦の痛みも少しずつ心の奥に深く刻み込まれた懐かしくも心温まる記憶と変わっていった。

幕政参与

一

奏者番を勤め藩政改革を断行した正篤に、天保五年（一八三四）八月八日、寺社奉行を兼ねよとのご下命が齎《もたら》された。兼任の四人の一人に選ばれたのだ。二十五歳の気鋭である。

上屋敷に下がってきた正篤に、お祝い言上の老臣たちが集まってきた。下屋敷からは謙映院も駆けつけてきた。謙映院は、「これで謙良院様（正愛）が果たせなかった幕閣への門が開かれたのです。心してお励みなさいますように」と老中にまで登り詰めてもらいたいという日頃の思いを告げた。そして不安を拭いきれなかった正篤に、奏者番の関門を潜り抜ける力があったのだという安堵の色が見えた。

彌一兵衛は厳しかった。

「これからが殿のお力を知らしめる大事なお役目です。殿は神官・僧侶の素行を調べる『大検使』『小検使』のお役と伺いましたが、訴訟審理の『吟味物調方』でなくようございました。ただ行動する下僚はすべて当藩の藩士で担当しなければなりません。町奉行のように与力や目明しはついておりませんので、われらもお助けいたさねばなりません」

その緊張感を持った話振りに正篤も心構えを新たにした。

時の同僚に土屋相模守彦直が先任していた。同役に同じ名乗りは許されないため、正篤は相模守を譲り、後期堀田の祖で大老を務めた堀田正俊が称していた備中守《びっちゅうのかみ》に改めた。

寺社奉行も在府が義務付けられるため、就任の前に佐倉に帰った正篤に、藩内の空気が一変している様子がわかった。深大寺に詣で祖先の霊廟に報告したが、付き従う家臣の態度がきびきびして心地よく、身だしなみも整っている。温故堂からは少年たちの元気な声が聞える。城で目にする者たちも明るい表情で、仕事を楽しんでいるようだ。

「借財の整理がついたのが一番です。藩士たちは収入が増える当てもなく、高利に苦しみ、先行きに希望がありませんでしたから。それに『一術免許の制』です。正に起死回生の妙薬でございました。孫も論語を暗誦したから爺に聞いて欲しいなどと言いましてな。庄田一派がこの空気を元に戻すことはもう出来ませんな」

国許を纏めている佐治が嬉しそうに報告した。

彌一兵衛や正敦の言う通りである。こうして足元に心配がなくなれば幕政にも身が入れられる。正篤は寺社奉行の職務に手抜かりはないか始めに当たって調べてみた。その正篤の耳に増上寺が乱れているとの噂が流れて、解決すべき難題として意識されてきたのである。

芝増上寺は上野の寛永寺と並ぶ徳川将軍家の香華院《こうげいん》（菩提寺の異称）で、幕府の待遇はすこぶる篤い。その増上寺で博打が行われているというのである。前任者との引継ぎの折にも、「増上寺がなあ」

という言葉が漏れたが、憚りがあるところ故手出しが出来ぬと口を濁していた。正篤は先ずその事実を確かめようと、吟味役の西村平三郎に探索を命じた。

「殿、探索どころではありません。山門に一歩入れば役人が手出しできないと安心しているのでしょう。堂内の片隅に賭場を開き、坊主どもまで丁半を争っております。見張りらしき者もおりましたが、近くを通る僧侶も気に留めていない様子でした」

「さてこそ噂は真であったのだな」

身を慎むべき将軍家の墓所でこのような乱脈がまかり通っているのか。将軍家の権威をかさにきて。断じて赦すわけにはいかない。正篤の若々しい正義感が燃えた。何故誰も彼もがこれまで見過ごしてきたのか。将軍家がからんでいるとはいえ、悪いものは悪い。

とはいうものの、下手に手出しをすれば、将軍家と事を構えることとなり、お家が危ない。またもし上手く彼等を抑えることができたとしても、将軍家に傷がつくようなことになったら、これも我が身が、そして佐倉藩が逆にお咎めを受ける。歴代の奉行はこのことを知って「火中の栗を拾う愚はしない」と決めたに違いない。

そういえば、諸侯は配下についた幕府の吏人を師とし厚遇するという。寺社奉行も幕府の吏人は少ないながら配属されている。家臣が取り扱いに注意するよう進言したが、

「彼等を礼遇すれば、如何なる利益があるというのか」

正篤は浅黒い丸顔に笑みを浮かべてこう答えた。配下であればわが家臣と同じだ。下手に気を使ったら秩序が乱れ、かえっておかしなことになる。正篤は職務についての彼等の知識は尊重したが、家

臣として遇することはやめなかった。

僧侶や寺社を監督するのが寺社奉行だ。今この役にある自分がやらずに誰がこの乱れを正すことが出来るのか。「わしがこの悪弊を一掃してやる」正篤は決心を固めた。

正篤は正敦からの話で、幕政と藩政は分けねばならないと考えていた。奏者番は藩政に響かないが、寺社奉行ともなると他藩もからみ、日本国全体を頭に入れた対応が必要となる。彌一兵衛たちに藩政を任せた正篤は、寺社奉行担当に選任した大目付の倉次多門を呼び寄せた。勿論幕府の吏人に相談は出来ない。

「僧侶共のほしいままに任せては、寺社奉行のお役目が果たせん。そちの手の者で賭博の確証を押さえて断乎捕縛するのだ」

「我等は山内に立ち入り出来ますが、捕縛の経験も在りませんし、人数もおりません。ここは町奉行の手を借りることですが、それには奴等に山門を出て貰わねばなりません」

倉次は正篤のいつになく烈しい下知に若手の西村平三郎、小林藤十郎を呼び寄せ、町人になり、彼らの仲間に入り探索せよと命じた。

翌年の夏、仲間に溶け込んだ西村、小林の手引きで寺の外におびき出され賭場を開いていた僧侶たちを、町奉行の手を借り取り囲んだ時は、緊張に胸が震えた。

「町奉行風情が、汚らわしい。我等を何と心得るか。恐れ多くも将軍家香華院芝増上寺の僧侶なるぞ。下がりおろう」

居丈高に叫ぶ声に、捕り手を叱咤し下知を下していた南町奉行が御奉行と合図した。

「そこな不届きな坊主共、我は寺社奉行堀田備中守正篤なるぞ。神妙にお縄につけ。天下の増上寺の者が紛れておるなど信じ難いが、賭博の現場、言い逃れは出来まい。ええい、残らずひっ捕らえよ」

「寺社奉行殿のお声がかりだ。悪徳坊主どもを容赦するでないぞ」

正篤の声に驚きと悲鳴が上がった。

捕らえられた僧侶たちが縄つきで引っ立てられてゆくと、騒ぎを聞いて集まった町人たちから声があがった。

「お上を笠に着て博打などとんでもない奴等だ。ざまをみろ」

「威張りくさって我等を見下しおって」

「お天道様が見てござったんじゃ。観念して罪に服するがいい」

日頃の僧侶たちの横暴に鬱憤を晴らしたかのような声が浴びせられていた。

町奉行も絡み増上寺の僧侶の罪を問う事件のため、この件は寺社奉行の一手限りとはならず、町奉行に老中までが列座した評定所での決議に持ち込まれた。僧侶には寺社奉行堀田正篤の判断が問われた。正睦は賭博の罪以外にも判明したそれぞれの罪に応じ、法の決まりに従って厳しく罰した。増上寺からは穏便な取り計らいをと、将軍の権威を示し黄白《こうはく》も包んできたが、法に則《のつと》り厳正な処分を致しますと突き帰した。逃れられない事実の数々に立会いの老中たちも困惑していたようだ。しかし厳しい処罰がなされ、それが将軍家に及ぶことを巧みに避けた正篤に、驚きと称賛の声が起こった。若いのに見事な裁きであると。

新任の若造に何が出来るか。この増上寺に寺社奉行と雖《いえど》も誰一人指一本触れられなかったではないか。捕縛されても罪を認めず居丈高だった僧侶たちは、老中同席の裁きと聞いて逃れようが無いと観念したようだった。正篤の厳しい処罰の結果を伝え聞いた増上寺始め名だたる寺院の僧侶たちも震え上がり行いを慎み、正篤在職中は違法の事は行われず、規律が守られた。

「一罰百戒という言葉があるが、権威ある増上寺を厳しく罰することで僧侶の心を本来のあるべき姿に戻すことが出来た」

正篤はようやく自らの使命がこうした取り組みで世の中を正してゆくことにあるのではないかと納得できた。世の中のために人の出来ないことでも、正しいと信じることを断じて行えば、必ず評価されるものだと。

二

天保八年（一八三七）五月六日、正篤は大坂城代に任じられ、従四位に叙せられた。

「老中への道を歩み出したということです。増上寺のお裁きで上様のお覚え目出度い存在にお成り遊ばされたかと存じます。心して職務にお励みになり、更なる見聞を広め、学ばねばなりません」

彌一兵衛は寺社奉行の時のように騒がなかった。

「巳年の改革以降、藩内が落ち着いてきたので、幕府のお仕事に存分に腕を振るえます。ただ、二月の大塩平八郎の騒ぎの後ですから、どう足元を固め西国に睨《にら》みをきかせるかお考えになりませんと」

彌一兵衛は大坂とはいえ幕府の役人が武器を取って立ち上がったことを前代未聞の大事件だと心配

した。

大坂町奉行与力大塩平八郎は、天保の飢饉で苦しむ窮民を救うよう町奉行に乞うたが要れられず、蔵書を売り払い救済の手を差し伸べ、終《つい》には幕政批判の兵を挙げ、大砲を引き出す騒ぎを起こしたが、敗れて自害した。やむにやまれぬ事情があったに違いない。我が藩であのように足元の藩士たちが悲惨な生活をしていることに気付かなかったように、上からでは見えぬものが数多くあるのだろう。大塩にはそれが見えたのかもしれない。そして藩主の自分は手立てを考え、手を打てたが、一与力では上を動かすことも叶わず、敗れるとわかっていながら無謀な手段に訴えたのだろう。

それにしても、北方のロシアを始め、異国船の出没がしきりである。先に「異国船打払い令」が出されたが、内からも外からも幕府を揺るがしかねない事態の多いことだ。正篤は、これから赴任する大坂に待っているものに思いをめぐらせてみた。何とも思案が定まらない。とにかく行ってからの話だ。何が起きても対処出来るよう心を決めてゆくより仕方がないと思い至り、準備に心を向けた。

準備で慌ただしくなる中、節子は江戸に残される日々を思ってか、側室よりも共に過ごす時間を多く持ちたいと、何かにつけて顔を出し、あれこれと世話をする。素直で控え目なところが正篤の心を安らげてくれる節子だが、珍しく側室に神経を尖らせている。

「わらわに子がないから、伊久やりくに心をお移しになるのですか」

正篤には老臣たちの意向で側室が増えた。跡継ぎの男子誕生がないからだ。すねたところが可愛いと思うが、女子にかまけている暇はない。なにしろ大坂は遠い。

「松江に近い大坂には是非お供したいものです」

自らも幕政に臨んでいるような振舞いの謙映院は、正篤の顧問になって連れていってもらいたいような口ぶりである。政治向きの話も出来、相談相手にもなり、話していると楽しくもなる謙映院だが、連れてゆくわけにはいかない。

そうこうしているうちに、赴任を待つようにとのお達しがあった。四月に将軍家斉が大御所となり、十二代将軍家慶《いえよし》に大坂城代のご挨拶を済ませたばかりである。何か上の方であるのかと、逸《はや》る胸を押さえていたところ、六月に入り浦賀にアメリカ船「モリソン号」が通商を求めて渡来、浦賀奉行が「打払令」により砲撃し退去させたとのしらせがあった。林子平の「開国兵談」が頭をよぎり、時代は或いは急変するかと正篤は緊張した気持ちでこの報せを受けた。もはやこの動きは止められぬ。子平と同じで、素直に海外に対する方策を考える時ではないかと正篤は思った。

大坂を中心に近畿以西、そしてオランダの窓口長崎からの情報を集め待機していた正篤であったが、梅雨が明けると暑さが耐え難くなってきた。東北では日照りで飢えに苦しむ農民が倒れ彷徨《さまよ》っているとの話も聞こえてくる。

正篤はこの頃よく下屋敷に出掛ける。見慣れた雑木林の散策が気持ちを落ち着かせてくれるからである。広大な敷地の中は緑の葉に覆われ、樹木の放つ自然の香りが胸を満たし、大好きな小鳥たちの鳴き声が耳に快い。雑草の生い茂る中をくねりながら続く馴染み深い小道を気儘に歩くと、お鉞と遊び、安治や斧太郎と駆けずり回ったご厄介時代のことが懐かしく思い出されてくる。身体も鍛えなおさなければと、射場で弓を射たり、馬を駆って堀田坂を駆け下り品川の海まで足を伸ばしたりもした。安治やお付の者がついてはくるが、ここでは少し自由な時間を贅沢に過ごした気分になった。

嗜みとして学んだ和歌に長じている節子の勧めで和歌も始めた。書物を読むことが好きな正篤は詩歌俳句さらには川柳をも好み、自然を楽しみ四季を詠んだ。しかし和歌には関心が及ばなかった。ゆとりのひと時を共に過ごしたいという節子に導かれて、正篤は和歌の楽しみを知り、奥の深いものだと感じ入った。それに古来和歌は文人のみか武人の嗜みでもあった。かくして正篤は和歌を学びたいと願うようになり、名人と評判の海野游翁に教えを請いたいと招いた。鏑木仙安、鈴木源太、後には佐藤泰然など和歌をたしなむ家臣を仲間としてこの道を極めようと競い合った。

こうして命を待つうちに、七月九日正篤に再びお召しがあった。大坂城代は赴任しないまま西丸老中を命じられ、侍従に任じられた。西丸大奥には、先に大御所となり家慶に将軍の座を譲った家斉がいる。実権は未だにこの家斉にある。幕政を動かすのは本丸老中であり、西丸老中は一歩退いた形である。しかし、幕政の中枢老中である。正篤は緊張と興奮で下城の駕篭の中で何度も身体を動かしていた。大御所家斉には家慶の面倒をよく見てくれといわれた。和歌につれづれを慰めるなど先の話になったなと残念な気持ちが残った。

三

西丸とはいえ、幕政の中心である老中加判《かはん》に任じられたのだ。

彌一兵衛は、

「増上寺のお裁きが上様のお目に留まったのでしょう。誰も恐れて手出しが出来なかった将軍家の香華院の坊主共をひっ捕らえ厳罰に処した殿に、誰もが仰天したと評判だったそうですから」と言う。

穏やかそうに見えて何をするかわからん、若いのに見事だという評判を得たとのことだ。

「西丸とはいえ、天下のご老中、越前守様を見習い本丸老中に備え、少しずつ殿らしさを出していただきたく存じます」

そう言うと、彌一兵衛はまぶしげに正篤を見た。

謙映院は加判（江戸幕府の老中）に列したが、是非とも本丸老中として、幕府を日本国を動かしていただきたいと、更なる高みを願う言葉に更に一言を添えてきた。

「殿の本分は異国との対処にあるのではないかと存じます。新しい道を切り開いてゆかれますように」

この謙映院の言葉が正篤の心に響いた。母芳妙院や正室節子は、正篤の栄進を祝うと同時に、烈しい公務で疲れた体を休める憩いと安らぎ、そして次なる活力をつける場としての家庭の役割をどのようにしたら良いかに心を砕いているようだった。

西丸老中になって四年目になる天保十二年（一八四一）三月二十一日のことである。江戸城の桜も散り始めたが、温かい陽射しに気分よく下馬門にさしかかった。供を減らし止っていた駕篭が動き出した時である。

「御願いでござります。恐れながら、どうか御願いでござります」

大声が聞え、駆けてきた足音が止まった。駕篭脇に誰かが跪《ひざまづ》いているようだ。

「無礼者、何物だ」

「羽州庄内の百姓でござります。これを」

叫ぶ声が切れ切れに聞える。この頃毎日のように仕掛けてくる庄内農民だろうか。御簾が細めに明けられた。跪いているのは蓑笠をつけた百姓のようである。汚れた衣服の上に突き出た二人の顔は土にまみれ、若いのも年寄りの方も息を切らし、張り詰めた表情をしている。

昨年十一月一日、庄内藩十一万石酒井左衛門尉忠器《さえもんのじょうただたか》を長岡に、長岡藩七万石牧野備前守忠雅を川越に、川越藩十五万石松平大和守斉典《なりつね》を庄内に移す、三方領地替えの台命（将軍の命令）が下された。十一万石から七万石に減石となる庄内藩の台命撤回を願う動きが活発だとの話は聞いていたので、格別驚いたというわけではないが、現実に死罪をも恐れず駕籠訴をする百姓を目にして、その思いつめた気持ちがいじらしかった。状箱を受け取った者が駕籠脇に畏まり、戸を開けて差し出す。堀田正篤殿、裏に庄内藩村々百姓と書かれてあった。駕籠の中に訴状をしまうと、

「見たか、お取り上げになったぞ」

すぐ近くで、叫びとも泣き声ともわからない声が上がった。

「丁寧に取り扱ってやるのだぞ。よいな」

指図しながら、正篤は思わず涙ぐんだ。登城すると他の老中も訴状を手にしている。

「何しろ『百姓と雖《いえど》も二君に仕えず』と唱えているのだから、ありがたい話だ。左衛門尉が羨ましい。飢饉で飢え死にする者もおり、わが藩でも救いきれぬもどかしさがあるのに、庄内藩は一人の餓死者も出さず、他領の者まで受け入れて面倒をみているそうだ」

本丸老中には正月二十日に駕籠訴があったと聞き、或いはこの西丸にもと思ってはいたが、不意を打たれた気分だった。土まみれの顔に佐倉の農民が重なって見える。就封の暇を乞いお国入りをした

あの秋、集まった百姓は羽織を着た庄屋たちだった。顔には深いしわが刻まれ、日焼けした顔を不安げに俯《うつむ》かせていた。それが、十分の一の年貢免除の沙汰を聞くと、「おお」という歓声と喉から搾り出すようなどよめきの渦が湧き起こり、正篤もその喜びを胸震える思いで受け止めたのだった。この駕籠訴はそのときの気分を生々しく思い出させた。しかも庄内の農民は農作業姿の朴訥《ぼくとつ》そうな年寄と付き添う若者だった。訴状には、二百年以上にわたる酒井様の下、先の飢饉に於いてもお救いいただくなど有り難く、所替えを嘆き悲しみ、「庄内二郡之百姓共、ご厚恩の殿様永々庄内へご在住なされ候用、御沙汰なしおかれたく、百姓共皆々御願い申し上げ候」と結ばれていた。河北三郷川南五通の百姓の嘆願である。

庄内藩は、佐倉藩の飛び地羽州出羽国村山郡の隣接地である。他人事とは思えない。わが藩の百姓が藩主であるこのわしを引き止めようとしているようにも思える。庄内十一万石が長岡七万石に転封というのはいかにも不都合だと思ってはいた。川越は十五万石だが内情が悪く、財政難から実質二十万石といわれる内情の良い庄内へ転封を願ったという噂が飛び交っている。川越は大御所家斉様の二十四番目の男子斉省《なりやす》を養子に迎えている。川越が大御所様に願ったのだろうか。

――庄内が一番分が悪いこの転封の理由は何だろう。それに藩ではなく百姓が命がけの駕籠訴をするとは、前代未聞ではないか。ただ台命は重い。一度出た台命が撤回されたことなど聞いたこともない。百姓には気の毒だが、騒ぐだけ印象を悪くする。老中とはいえ、水野忠邦さまのご推挙でなれた我が身、よほどのことがない限り、反対など出来はしない。駕籠訴を受けたとはいえ、西丸老中である自分に一体何ができるだろう――

翌日登城すると、本丸老中に任じるとの台命があり、将軍家慶《いえよし》から諸事多難な折、そちの力を存分に働かせよと仰せつかった。急なことでもあり、思いもかけない仰せであったので、幕政の頂点に立ったとの実感は沸かなかったが、屋敷に帰ると彌一兵衛が緊張した表情で言葉を震わせて祝いの言葉を口にしたので、ようやく大変なことになったと、その重味を噛みしめた。

老中首座水野越前守忠邦の許には、伺い書が幾つも届いているという。予想もしなかった多数庄内農民の駕篭訴が同情を集め、我等にも物言いが許されると幕府相手を恐れぬ気分が諸大名に勢いをつけているのかもしれない。

一月七日には、この領地替の台命を発した大御所家斉が亡くなった。その子供で川越藩世子の斉省《なりやす》も病死した。川越の大奥とのつながりは切れた。庄内の百姓が二百人も江戸に上ってきているともいう。駕篭訴だけではなく、農民たちは庄内近隣諸国にも台命の撤回を願い出、同情した仙台藩からは、松平陸奥守の伺い書が出ている。「永き日延べ仰せ付けられ候はば百姓共静謐《せいひつ》（穏かに治まること）に相成り申すべく候」と、日延べで実質沙汰止みにすべきだと指図がましく迫ってきている。水戸の徳川斉昭も口をさしはさみ、関与してくる。庄内の百姓がこの庄内藩に同情的な雰囲気を作ったといってよい。

しかし、水野越前守は、幕府の権威守るべしと、自らの力を老中にさえ見せつける処分を行った。大御所の下誰もが逆らえないと思っていた三人の権力者に水野は厳しい処分を課したのである。御側御用取次水野忠篤《ただあつ》は、御役御免寄合入り、加増五千石没収、若年寄林忠英《ただふさ》は、御役御免、加増のうち千石召し上げ、新番頭格美濃部茂育《みのべもちなる》は、御役御免小普請入り、三百石召し上げと、家斉時代の悪評高かった三佞人《ねいじん》（おもねへつらう人）の権力を一挙に葬り去ったのだ。恐ろしいほどの威力である。先には老中松平伊豆守を罷免し堀田正篤に入れ替え、越前守に批判的な水戸の斉昭の意を幕閣に入れようとする太田資始《すけもと》を追い出した。この越前守が三方領地替を尚も進めようとしているのである。

六月二十八日の御用部屋では、仙台候の伺い書が話題となった。日延べでの決着を求めた伺い書に、水野越前守は強い口調で話しだした。

「諸侯があれこれと言うからといって、一度出した台命を撤回するなど、恐れ多いことだ。公方様の権威がなくなってしまう。ここで応じたら、御三家や諸大名が図に乗って今後何かの度に物言うようになるに違いない」

水野は黙って顔を見合わせている土井利位《としつら》、真田幸貫《ゆきつら》、そして正篤の三老中を順に見た。

「百姓共が同情を集めたが、そこにまた庄内藩の落ち度がある。二百人もの百姓が訴えに上っていると知りながら、未だに江戸に留めておる。これを奉行所に調べさせるのだ」

土井も真田も水野によって引き立てられた者ばかりである。反対は出来ない。

「今月の月番は遠山ですな」

正篤は大岡忠相《ただすけ》以来の名奉行と評判の高い北町奉行遠山左衛門尉影元《とおやまさえもんのじょうかげもと》を思い出しながら言った。若い時の道楽で背中に彫り物があるという噂も人気を集めているが、あの男ならきちんとした捌きが出来るかもしれない。もやもやとした思いが少し拭われた気がしてこの男の名を呼んだ。水野は一瞬考えるように眉に皺を寄せたが、

「いや、矢部がいいだろう。大勢のからむこの件は、本格的にかかると大変な手間と時間がかかりそ

うだ。矢部なら要領よく纏めるだろう」

水野は同意を求めるように三人を見た。そういえば普請組支配の閑職から引き揚げて南町奉行にしたのは水野だった。矢部左近将監定謙《さこんしょうげんさだのり》はこの四月に南町奉行になったばかりである。そうか、それで矢部にするのか。正篤はしかし、何も言わなかった。翌二十九日、首席老中水野越前守は矢部駿河守に、庄内藩と庄内農民、それに訴願を指図している佐藤とかの取調べを命じた。矢部が騒ぎにけじめをつけてくれるだろうと、老中たちに自信ありげに話した。笑いが押さえきれない様子だったが、ほっとした安堵の表情も伺えた。

四

月が変わった七月十一日は、蒸し暑い朝だった。正篤は庄内藩からの百姓の訴願についての届出書に目を通していた。庄内藩は常に幕府の藩屏《はんぺい》たらんとしておりますと藩の立場を弁じた後、百姓は殿を慕う気持ちからこの度の訴えを持って江戸表に上ったもので、お上にたてつく積もりは一切ございませんと述べ、藩は直訴は罷りならんと関所の通行を厳重にしたが、農民の熱意がこの網を潜り抜けさせたもので、誠に遺憾であると結んでいた。藩としては台命に背く意思はなく恐れ入っている様を示しながら、農民の訴えの中に台命の撤回を巧みに忍ばせた訴願となっている。正篤も取り止めを求める声が日毎に強くなる諸大名の声に力を得て、どうしたものかと思案していた。

今月は正篤が月番老中である。月番として御小座敷に召されたあと、汗ばんだ体で御用部屋に戻ったのは九つ半（午後一時）を過ぎていた。

「備中殿、南町奉行の矢部が面談を求めてきておる。例の荘内の件だろう。月番がいなくては話を聞くわけにもいかん。さあ、参ろうではないか」

正篤の顔を見て、水野が早くというように座を立った。

矢部の待っている羽目の間まで廊下を歩くとまた汗が滲んでくる。水野の顔を見ると、矢部は居住まいを正した。

「調べは済んだか」平伏していた矢部は、体を起こして水野に向き直った。

「相済みましてござります」

報告を受けるのは、月番老中堀田正篤である。口書《くちがき》（法廷で当事者の申し立てを記した供述書。誤りのないことを承認した証として爪印を押させた）を読み上げたいという矢部に、水野が頷いたのを見て「読み上げよ」と言うと、矢部は傍らの風呂敷包みを開いた。

江戸で百姓の訴願を指図したとされる薬研堀《やげんぼり》在住の佐藤藤佐《とうすけ》の口書を中心に、庄内藩の江戸留守居役等七、八人の口書を読み終わったのは七つ（午後四時）を過ぎていた。意外なことの成り行きに、正篤は結末に至るまで一言も聞き漏らすまいと、矢部の紅潮した顔を見つめていた。黙って聞き入る四人の老中たちを前に、矢部の声は城内くまなく響き渡るかと思われるくらい朗々と高く響き渡っていた。緊張した体のまま、正篤は暑さも疲れも感じなかった。

藤佐の口書が始まったとたん、「待て」と、水野が読み上げを止めさせた。自信満々のいつもの顔がこわばり、目が引きつり、声も震えているようだった。「続けて宜しいでしょうか」矢部が正篤の顔を見た。「そのまま続けよ」水野が引きつった顔で頷いたのを見て正篤は矢部を促した。平静をつくろおうとしたが、声はかすれていた。矢部は一人平然として読み上げたが、終わると失礼をと懐紙を取り出し、顔を拭うと、首周りから捲《まく》り上げた腕まで拭い、重くなった懐紙を隠すように風呂敷の上に重ねた。

口書によると、この度の庄内藩国替えは、酒田港取締り不備によりとあるが、そのような事実は見当たらなかった。少なくとも、国替えに当たるような重大な不備はなかった。では何故このような事態になったのか。そのそもそもは、財政事情の悪い川越藩が内情の良い庄内藩に国替えを願ったのが発端である。矢部は、ことのいきさつから、黒幕とされた藤佐と藩の関係等につき、とうとうと述べ立てた。

読み上げた分厚い書類を閉じ脇に置くと、矢部は正篤に向かって説明をつけ加えた。

只今の口書は、藩出身の藤佐及び庄内藩の者共よりことの発端からその後のいきさつ、藤佐と藩との関係の有無等の全てを聞き取り、矢部と与力二名が吟味を加えたものであり、裏づけは間違いないものである。賄賂についても、大和守様御家来武田一郎兵衛様よりの聞き書きで疑いない事実であると。

さればここに奉行としての裁断を申し上げたい。矢部は水野を窺いながら威儀を正した。

「以上申し上げましたことから、この度の三方領地替えは酒田港取締りに不備は見られず、庄内藩にはお咎めになる事実のない沙汰でございます。斉省君を世子に迎えた川越藩が財政難を転封により解決せんものと、大御所さま周辺に賄賂を使い、庄内藩に国替えを諮ったものでございます。庄内の百姓がご法度の駕篭訴に死を賭して訴えたのも故なきご沙汰によるもので、藩主を慕う余りという言葉が、百姓たちの偽らざる心情を表しております。取調べの結果法に照らし咎むべき事項は何等見当たりません。むしろ咎むべきは、賄賂を納めて川越藩の身勝手な願いを叶うべく大御所様を誤らせた方々と、事実を確かめずに応じた御用部屋のご判断にあるかと存じます。政《まつりごと》は厳正に行われなければなりませんし、賄賂などによって歪められるようなことは厳に慎まねばなりません。よってこの度の三方領地替えはいわれのない庄内藩のお咎めを元になされたものである以上、誤りを誤りと認め、全て撤回とされるのが正しきご政道の道かと存じます」

五

夕闇が迫った羽目の間は、矢部の声が終わった後も、しばらくは蒸し暑い空気がよどみ、静まり返っていた。沈黙を破ったのは水野越前守だった。

「備中殿、いかがなされるかな。月番はそこもとじゃ」

いつもの勢いはなく、水野は力なく笑って見せた。

「されば、南町奉行の報告裁断にご異議がなければ、明日上様にご報告の上、御前にて再度協議し、処分を決したいと存ずる。処分の内容はこの度の国替えの是非に及ぶこととなり申すが、ご異議はございませんな」

正篤は水野を見、ついで土井を、真田を見た。はっとしたように黙って俯いた顔を上げ頷くのを確かめて、正篤は矢部に向き直った。矢部は上気した顔をゆるめ、口書と採決の書類を、これへという正篤に、揃え直し手渡した。――これで揺るぎのなかった台命の撤回になる。庄内は大騒ぎになるな――頭の中にそんなあれこれが一瞬閃いたが、すぐに異様な緊張感で、体が固くなった。月番老中でかつてない事態にめぐり合わせ、わが手で諸大名注目の審判を導く運命となったことを喜ぶべきだと言う思いは一瞬閃いただけで、押し寄せる想念が我が身を打ちのめしてゆく。月番の裁量でこの事態を止めるべく導かなかった自分は、水野の手でどうなるのか。身震いする恐ろしさがその後に押し寄せてきた。

しかし、翌日の御前での協議は時間がかからなかった。将軍家慶が国替えを不当なものと考えていたからである。台命は覆り、国替えは中止となった。張り詰めた気持ちで恐る恐る臨んだ正篤はほっとした。家慶は、田安、清水の二卿や、先の太田資始等から三方国替の事情を耳にしており、その不当を正したいと考えていたようだった。家慶は生前の家斉に逆らうことは出来なかったが、家斉の将軍としてのあり方に不満を持っていたようだ。後に庄内藩の御沙汰書に将軍家慶の添え書きが墨書されており、藩主以下驚愕して有り難い思召しだと大喜びしたと耳にしたからである。添え書きには「思召し是有り、所替ご沙汰に及ばず、そのまま庄内領地仰せ付けられ候」とあったという。台命は覆ったが、川越藩には思し召しか二万石のご加増がつけられた。

裁断を下した家慶は、直ちに水野越前守の三日間登城停止の措置をとった。ただ国替えは自らの調査不行き届きにあると老中辞任を申し出た水野に、越前の責任ではないから出仕するようにとの家慶の言葉で、すぐ首席老中に復した。

恐れていた水野越前守の報復は矢部駿河守に下った。矢部は些細なことで罪に貶されたと言う。水野の手が伸びたのだ。十二月に官禄没収の処分を受けた矢部は町奉行を罷免され、翌年三月には家名断絶の上勢州桑名藩にお預けとなった。町奉行という重職にあった者にこのような重罰が課された例はない。正篤は報せを聞いてその激しさに驚くとともに、自らが咎められなかったことに安堵した。しかし、勇気を持って真実を述べた矢部は罪に問われた。水野が動いたに違いないが、罪に陥れたのはその手足となって働いている鳥居耀蔵《とりいようぞう》に違いない。現に鳥居は矢部駿河守の後任として南町奉行に収まっているではないか。

鳥居は大塩平八郎の乱で名を挙げた男である。庶民の評判が高かった大塩の評判を落した上、ありもしない罪を判決文に盛り込んだ。「大塩は養子格之助の妻と姦通した」と大塩の人格を貶める言葉を入れたのである。幕府内でも評判が悪かったが、結局はこれを水野がとりいれ、鳥居の出世の糸口となった。

ただ、矢部に下された裁断に正篤が口をさしはさむことは出来ない。まして首席老中として絶大な権力を振う水野の怒りと憎しみが籠められているとしたら、水野と対決することも覚悟しなければならない。正篤は成り行きを見守るしかない我が身が情けなかった。

桑名藩にお預けとなり禁固の処分と聞いた矢部駿河守が死去したとの報せを聞いたのは、暑さも盛りの八月初めだった。矢部は処分に抗議し、自ら食を断って自決したという壮絶な死の報せだった。精悍な表情で、諄々として説いていた矢部の甲高い声が聞えるようだった。さぞ無念だったろう。勿論天下の耳目を集めた事件の裁断をして名を揚げたいという功名心がなかったわけではないだろう。

しかし、幕閣と雖も正すべきものは正すという正義感が矢部を突き動かしていたのも事実であろう。自分もそうしてきた積もりだが、大きな力に真実が歪められることもあるとしたら、政を与《あずか》る身として信念を貫くにはどのように振舞うか考えねばならぬとも思った。

六

大御所家斉が亡くなり側近の三人を退けた水野越前守は、家斉に批判的だった家慶の意向を受け、勤倹を旨とした改革を更に推し進めていた。「天保の改革」である。

先に行われた政治改革、「享保・寛政の政に復帰する」と言うのが水野の目指すところであり、大御所時代の贅沢な風潮を改めるべく、奢侈禁止・風俗粛清を求めた。また農村復興のためと称し、江戸に流入する農民を追い返す「人返し令」を発布した。更には物価騰貴の原因は株仲間が江戸に流入する物資を独占しているからと、「株仲間の解散」を命じた。農村人口を押さえ年貢の安定を図った人返しの効果は不明だが、物価は高騰した。

問題は節倹質素の内容である。「壮丁《そうてい》（若者）の文身〈入墨〉を禁じ、男女の混浴を止め、芸妓（芸者）を禁じ、遊郭を減じ、劇場を一郭に移し、俳優を一区に置き、華麗の衣服、櫛、笄《こうがい》を禁じ、是を犯す者は、尽《ことごと》く焼棄《しょうき》（焼くこと）せしむる」と、江戸の庶民の娯楽、おしゃれの楽しみを全て奪う改革であった。物価も強制的に下げさせた。目方が減った豆腐が店頭に並び、櫛笄をつけられない女性が困り、それを扱う職人商人が仕事を失った。遊びも駄目、歌舞伎も取り締まられ、江戸市中はひっそりとし、物価騰貴で不景気ともなり、不満の声が広がった。一方で、金を湯水の如く使って化政文化を支えた札差《ふださし》（旗本・御家人の代理として扶持米を受け取り換金を請け負った商人。困窮した武士に扶持米を担保に高利で金を貸し巨利を得た）や江戸留守居役に対する取り締まりは、庶民に比べゆるやかなものだった。

「何を着ようが、何を食おうが、おれたちの勝手じゃないか。自分の稼いだ金でどう遊ぼうと、お上にあれこれ言われる筋合いはありゃしねえ」

叫ぶ者がいると、注意する者がいる。

「やたらなことを言うんじゃないぜ。どこに妖怪の手先がいるかわからないからな」

些細なことでも批判すると、しょっ引かれ罪に問われた。人々の中に紛れ込み、告げ口する密偵が放たれたからである。

この改革の立案も実行も、実は水野ではなく、鳥居耀蔵《ようぞう》の手になるものだったと正篤は後になって知ったのだが、それればかりか鳥居は配下のものを密偵として市中に放ち、不平をもらす者は容赦なく捕らえ、江戸の庶民を不安と恐怖に陥れたのである。

鳥居耀蔵は林大学守述斎の次男で、旗本鳥居家に養子に入った。出世意欲が強く、あらゆる奸智をめぐらせ人を陥れ、地位を手にしていった。通称耀蔵、名は忠耀《ただてる》、官名は甲斐守《かいのかみ》、甲斐守の耀蔵というので、「妖怪《ようかい》〈耀甲斐〉」と綽名《あだな》され恐れられていた。

蘭学者の集まり「尚歯会《しょうしかい》」に密航の疑いがあるとでっち上げ、高野長英らを捕らえたり自殺に追い込んだ「蕃社《ばんしゃ》の獄《ごく》」も洋学嫌いの鳥居の手になるものである。正篤は鳥居の肩で風を切って歩き回る姿と、刺す様な眼、にこりともしない表情を思い浮かべた。一度睨《にら》まれたら逃れられない蛇のような男だと、この男を重用する水野越前守までが別世界の人間のように思われてくる。

天保の改革を推し進める水野は、次々と新しい取締りの法令を作り、異論を唱えない土井利位、真田幸貫を味方に、正篤が頷くのを待ってお触れを出していった。正篤は、水野の奢侈禁止・風俗粛清は行き過ぎだと思わざるを得なかった。佐倉藩の巳年の改革は、過度の贅沢はこれを戒めるが、収入に応じた身分相応の暮らし方をして、家計にゆとりを持たせ、文武藝術に心を向けさせることが狙いだった。しかしこれは違う。庶民の生活を厳しく制限するばかりで希望がない。しかも金や力のある者に甘い。

母芳妙院、節子や側室、侍女たちまでが、声を揃えた。

「皆で節約に努めて参りましたが、日常の生活にまで口を挟み制限するこの度の改革はとても辛抱できません」と。

「下々の暮らしを十分には承知しておりませんが、この度のお達しは我慢できません。殿のお力で何とかならないものでしょうか。大奥では女中たちの反対で沙汰止みになったとか漏れ聞いておりますが」

謙映院は、「強く主張するのが殿のお役目ですが、越前守様では難しいですかね」と遠慮がちに言ってきた。

天保十三年（一八四二）六月には、七代目市川団十郎が奢侈禁止令により江戸十里四方追放の処分を受けたと聞いて女たちが騒ぎ、正篤も庶民の楽しみを奪うべきではないと水野に迫ったが容れられなかった。罪人となった七代目は檀家に加える形で藩内の成田山が引き受けたと聞き安心したが、ここまでとは思わなかった。正篤は大声で弁じたりはしなかったが、庶民の声は自分のほうがよく知っているとの自負もあり、思いやりの政《まつりごと》が何よりだとの心構えを噛みしめながら、水野に対することが多くなっていった。

七

大御所様が亡くなってから、益々われらの言うことを聞かなくなった。鳥居耀蔵の人物についての評判を耳にした正篤は、水野忠邦も如何なる人物か知りたくなった。そして己とは肌合いの全く異なる人間がこんなにも身近にいたことに改めて驚いたのである。

水野越前守忠邦は、唐津藩三代藩主水野忠光の次男として生まれ、長兄が早世したため世子となり、文化九年（一八一二）十八歳で家督を相続した。翌年奏者番となったが、忠邦はそれ以上の役職を望んだ。しかし、唐津藩は長崎警備の任務を負うため幕閣の中枢には登れないと知ると、家臣の反対を押し切って、六万石（実封二十五万三千石）の唐津から、同じ六万石ながら実封十五万三千石の浜松藩への転封を願い出、文化十四年九月、この願いを実現させた。家臣を思いこの国替えを諫めた家老二本松義廉《よしかど》は容れられず、切腹して果てた。この国替えには巨額の賄賂が老中筋に流れたと噂されている。この時唐津藩から天領に召し上げられた地域があり、国替えの賄賂に使われたとも言われている。この功により、同年寺社奉行兼任となった。その後将軍家斉に認められ、大坂城代、京都所司代を経て西丸老中になると、世子徳川家慶の補佐役となり加判の列に加わった。天保五年（一八三四）本丸老中、同八年勝手御用係を兼ね、同十年に老中首座となった。

正篤が驚いたのは、その権力への異常なまでの執念である。己の幕政への野望から、家臣の諫めも聞かず、藩士領民を犠牲にして金を賄賂につぎ込み、老中の座を手にしたことである。自分はご厄介様だった。父上と同じように下屋敷で趣味に生きる生涯になったかもしれなかった。一時はそれでもよいと思った。思いがけず藩主となったが、乱れた藩をどう立て直すか、藩士領民の日々の暮らしを守り、明日への希望の火を灯すことに力を注いできた積もりだ。母上は「上に立つ者は天下万民を守り、その幸せのために働かなくてはなりません。それが天から与えられた上に立つ者の責務です。その覚悟がなければ引き受けるべきではありません」と言っていた。越前守にあるのは己の野望だけではないか。ただこのままでは幕府の信頼も揺らいでしまう。未熟ながら自分なりに正しいと思ったことを貫くしか仕方ないだろう。

かくて正篤は越前守の改革に一人疑問を呈することが多くなっていった。土井、真田が異議を唱えないので、越前の思い通りにはなるが、「備中殿は、口癖のように『ごもっとも』とおっしゃるが、いざとなると余計な心配を口になさる。物事がはかどらん」と、水野に不機嫌な顔を向けられたりすることが多くなった。

年が明けた天保十四年〈一八四三〉正月のことである。老臣渋井平右衛門が、年頭の挨拶が終わった後、お目通りをとやって来た。内密の話だという。

「殿、新年早々申し上げにくいことをお話ししなければなりません」

思慮深い渋井が困ったように低い声で話し出した。

「それがしの儒学の同門に、片桐要助と申す男がおります。水野様の御家臣ですが、それがしにこんな話をして帰ったのです。これは明らかに水野様のご意向を殿に伝えるよう命じられてのことであると思われます」

「その者は何と言っておったのだ」

渋井は間違えてはいけないと、言葉を確かめながら、かの男の言葉を繰り返した。

「ご主君備中公にはとかく寡君《かくん》（主君を謙遜して言う語）越前守の意見にご反対あるやに承っております。人各々見るところがあり、強いて迎合すべきではございませんが、寡君においては一意天下の御為に目下の弊害を正さんとするほか余念はございません。故に余りにご反対になられては、備中公の御為に良かれとは思われません。足下とは平生ご懇意のままに、それがしが思うところを老婆心ながらお話し申し上げる次第です。このこと、内々で備中公にお話し申し上げた方が宜しいかと存じます」

来たな、頭に閃いたものの、肌寒いものが体を駆け抜けていった。憤死した矢部駿河守の自信に満ちた甲高い声が頭の中に響き渡った。

「そちの言う通りだ。片桐なる者は越前守の内意を受けてきたに疑いの余地がない。それにしても、わしの口を封じようとするこのようなやり口は卑怯ではないか」

正篤は近習の荒井安治にこのことを洩らすと、

「町では改革に大騒ぎです。細々した所まで決まりだといっては取り締まる。でも賄賂を掴ませると見逃すそうです。それでも妖怪の犬が何処で目を光らせているかわからないから、うっかりしたことは言えないと、みんな腹の中にしまっておりますよ」

表向きの話だから、節子には黙っていたが、謙映院には相談の形で話してみた。

「殿のおっしゃる通りです。越前守様は世情をわきまえず、理屈で捏《こ》ね上《あ》げた決まりで人を縛ろうとなさっていらっしゃいます。正義は殿におありになりますから、堂々と思うところを述べられ、越前様に殿のお力を見せて差し上げれば宜しいかと存じますが」

謙映院は何者も恐れない。励まされたものの、現実はそうはいかない。

「老中首座は強いぞ。土井殿も真田殿も、借りてきた猫みたいに大人しくしておるわ。異を唱えるのはわしばかりじゃから、越前はやりにくいのだろう。ただ、越前の意見に反対するからには覚悟がいる。わが位置は保つことは出来なくなるだろう。わしにその覚悟はいつでも出来てはおりますが」

謙映院はつと座を離れて縁に立つと、築山の方を眺めやった。正篤も腰を上げ脇に立った。昨日降った雪が薄く地表を覆い、ひんやりとした空気が肌を刺した。

「折角手になされた御老中、そう簡単に退かれては勿体のうございます。再任はなかなか難しいと聞いております。よくお考え遊ばしますように」

一度登った山を降りて次に道はあるのだろうか。見慣れた下屋敷のしかし、冬景色である。季節は変わってもまた廻り来る。そうだ。わしは浮き沈み色々あったが、いつも与えられたその場に応じ、力いっぱいやって来たではないか。そう思うと、雪の中をお鉞や安治と転げまわった頃の思い出が懐かしく頭に閃いた。

「越前は人の意見を聞く度量のない、偏狭な男だ。これからもわしの言うことなど、歯牙にもかけんだろう。わしが補佐すべきお方ではない。かくなるうえは、任を追われるのを待つよりは、潔くわれより断然辞職するだけだ。意を曲げ説を屈して越前に従ったら、何もせずに食禄を手にしている人のそしりを受けてしまうに違いない」

八

辞職を決断した正篤は、老臣渡邊彌一兵衛に意見を求めた。佐倉の渡邊の許には荒井安治を送り、いきさつを話すと共に、正篤の考えを説明させた。彌一兵衛は、殿のお考えはごもっともで、潔く辞職なさりたいお気持ちもわかりますが、ここはひとつ諸般の事情を考えて慎重に対処しなければなりません。と、安治に策を言上させたが、意が尽くせないところがあるといけないと、書簡をつけてきた。その書簡に曰く、

「水野閣老より風諭《ふうゆ》（遠まわしにそれなく諭す）の旨ありと申すと雖《いえど》も、今年四月には将軍家の日光御社参も候へば、其以前に罷免を申し請はるることあるべしとも存ぜず、然るを一儒生（儒学を修める者）の恐嚇《きょうかく》（おどし）に依りて、軽々に大職の進退を決し玉はんこと、決して時宜（程よい頃あい）の宜しきを得たものと申すべからず、然れども今日の勢ひ、一奸を除去すること、容易にあらずんば、結局職を去らせ玉ふの外に策なしと雖も、君の御職任たる甚だ重し、一言を以て天下の為に忠節をも致し、また一家の安全をも計らざるべからず、某の所存を以てすれば、日光供奉《ぐぶ》（行幸にくわわるこ

と）の事終るの後、御持病の脚気を申立てて御出仕を止め玉ひ、通例の辞表を呈して骸骨《がいこつ》を乞《こ》はせ玉ふ（主君に辞職を願う）に若《し》かず、左れども天下の御為に、此頃の形勢を言上せざるも、亦た遺憾に候、幕府の法制は、深く存ぜずと雖も、御退職の前に、側衆の如き昵懇《じっこん》（懇意）の士に、機密を明かし玉ひ、御退職の後、時機を見て、将軍家の内聴に達せんことを請はせ玉ふべし、然らば平生の御素志《そし》（平素の志）も立ち、大任の忠節も亦た全からんか。若し是が為に譴責を蒙《こうむ》り玉ふことありとも、其は臣職の当《ま》さに然るべきところ、毫《ごう》も恐るるに足り候はず、又退きて天下の動静を見玉はんとの思召《おぼしめし》に候はば、暫く病と称して出仕を見合せ玉ひ、然る後ち、辞表を呈し玉はば、天下其の止むを得ざるの進退なるを知りて、之れを惜み申すべく、他日時機到来して、再び大任に当り玉ふ日のなきにも候わまじ、――兎にも角にも今俄《にわ》かに出仕を停めて、身を退き玉はんこと、事潔しと雖も、決して策の宜しきを得たるものには候はず、来る四月、日光供奉の後を待って、徐《しず》かに進退を決し玉はんの若《し》くべからず、此儀能く能く御思慮あらせ玉へ」

正篤を深く思う彌一兵衛の心遣いが身に沁みた。これだけの配慮と行き届いた振舞いは、自分には思いつかなかった。持つべきものは良き家臣だ。正篤は改めて彌一兵衛に感謝し、佐倉の方角に向かって手を合わせた。恐らく越前守様の意図するところは威《おど》して越前守様の側に引き込もうとのご工夫ではないかと拝察致します。よって殿が自ら辞表を提出すればともかく、越前様から罷免するということはないでしょう。彌一兵衛はそうも話したと、安治は報告した。

彌一兵衛の進言に従うことにした正篤は、閣老として将軍家慶の日光供奉に随行、江戸に帰り着くと先ず病と称して出仕を止め、ついで普通の辞表を提出した。辞表は受理されたが、驚いたことに溜間詰《たまりのまづめ》を仰せ付けられた。溜間は将軍出仕の間に近く、溜間詰の諸侯は将軍家の顧問役として直接将軍に所見を述べることが出来る別格の待遇の詰所である。通常辞職した老中は、城持ち譜代大名が詰める帝鑑《ていかん》の間詰《まづめ》が普通である。正篤もそれが当然と思っていただけに、驚きの後に嬉しさがこみ上げてきた。それにしても、この破格の待遇が、何故このわしに下されたのだろう。わしは老中として仕事らしい仕事をしていない。勿論水野越前守が反対してきたわしを推挙する筈はない。とすると、何が
——正篤ははっとした。まさか御前様が、将軍家慶様ではと、思い当たったからだ。とすると、何が評価されたのだろうか。寺社奉行での芝増上寺の裁きがあるかもしれない。三方領地替えで誤った台命を押し通そうとした水野越前守に、月番老中として正しいと信じた裁きをしたことが、お目に留まったのかもしれない。

更に驚きの老中人事が電光石火の如く下された。正篤が九月八日に老中を免じられると、十一日には備後福山藩主阿部伊勢守正弘が老中に抜擢された。若干二十五歳の老中である。阿部も寺社奉行として大奥がからんだ中山法華経寺の事件に敏腕を振い、見事な裁きを見せた。この裁きが自分と同じように将軍のお目に留まったのか。そしてその二日後、水野越前守が、絶対と思われていた越前守が罷免されたのである。皇居周辺の領地を召し上げる上知令《あげちれい》が諸大名の猛烈な反対にあったとはいえ、首席老中である。この一連の人事は将軍家慶様のお考えによると考えて間違いないだろう。

——わしは、してみると、将軍御前のお目に留まった一人なのかもしれない。いやそうでないかもしれぬが、己を励ます意味で、そう思って老中から一藩主に戻った己の仕事、老臣任せだった佐倉藩政を、更に充実したものにしていこう。わしは水野のように出世欲も権勢欲も烈しくないからな。い

やわしには佐倉十一万石が最も似合っているのかもしれんて——

無性に佐倉の城が、町や神社が、一面の田畑が、そして印旛沼が、懐かしい故郷として目の前に輝きを持って浮かんできた。

変わりゆく佐倉藩

一

　正篤は老中在任中も藩政を疎《おろそ》かにしていたわけではない。老中のお役目で江戸に定府となったが、二、三カ月に一度佐倉の彌一兵衛の許へ人をやり、老臣たちの報告も受け、協議をし必要な指示をしていたからである。

　藩の財政は依然として苦しい。借財は減ったが、巨額であり、藩士への歩引きは続けざるを得ない。しかし、藩が別建てで調達した一万五千両を藩士に貸付け高利の借財を減じたことは、予想以上の好結果を生んだ。

　借財はあるものの、この度は藩が相手である。殆んどの藩士が借りているから、誰にも負い目を感じないですむ。顔を上げ誇りを持って職務に励み、生活に追われず暮らせる。第一会計方の連中に馬鹿にされ這いつくばってまで借りる必要がない。金利を払うのがやっとだったのに、藩の金はそれに比べればただみたいなものである。

「正に『衣食足りて礼節を知る』ですなあ。いや、『恒産なくして恒心なし』ですか。藩士たちの表情が全く違います。何をするにもきびきびとしていて、気持ちがいいですなあ」

「少し余裕が出来ると贅沢がしたくなるものですが、例の御制で身分相応の決まりがありますから、節約の暮らしが当たり前になりました。これも助かります」

「暮らしに必要でも買えなかった物が買えるようになった。商店街も活気が出てきました」

そんな報告が届いてくる。全てが上手くいってはいないだろうが、いい方向に進んでいることは間違いないようだ。これで藩の借財が少しでも良くなってくれれば良いのだが。三つ割の法に基づく財政整理を意識し、節倹に努めてはいるが、寺社奉行そして老中と、幕政に関与した分藩費を使った。水野のように賄賂を使わなかったことがせめてもの慰めだ。とはいえ藩政でも必要と思われる所には惜しまず金を使った。これも借財を増やす種には違いない。

ただ、ひとつの成果はあった。老中辞任の天保十四年〈一八四三〉、「巳年の改革」で家臣に貸与した一万五千両が完済された。十年の期限を守り、金利を払って、家臣たちが約束を守ってくれたのだ。ひと段落といったところだが、老臣たちに聞くと、借入金のお陰でようやく普通の生活が送れるようになったところで、余裕までは出てきていないようだ。借入先には利息のみ渡し、もう十年の借り入れを頼み、翌年の暮れを控えた十一月、希望者には再貸与すると布告した。助かりますと大喜びの希望者が三の丸に集まった。やはり完全には暮らしが楽になったとはいえないようだ。ただ希望しない者が百三十人と、前回の四十五人の三倍に増えた。その心がけを賞し、身分に応じて褒美を与えた。協力してくれた家族の者にこのご褒美を上げますとか、改革の精神を何事にも生かし、佐倉藩士の名に恥じないよう精一杯努めますと、押し戴きながら口にした者もあり、嬉しかった。

佐倉に帰るに当たり、藩政として取り組む課題に正篤は、藩校の充実を、文武の奨励による人材の育成を志した。勿論これは「巳年の改革」で基礎を作ってはある。学問を好んだ正順によって作られた「温故堂」を十五歳〜二十四歳の藩士の場とし、八歳〜十四歳の子弟には東塾、西塾を、千葉には南庠《なんしょう》、出羽の飛び地には北庠を設け儒学を学ばせていたが、温故堂では医学の教育も始めた。寺社奉行にも慣れてきた天保七年（一八三六）十月に本格的な藩校をと、宮小路に「成徳書院」を作り、講堂、塾舎、聖廟、書庫、寄宿房を建て、温故堂のほかに六芸所を設けた。

書院内の中枢である「温故堂」は、東塾、西塾を卒業した十五歳から二十四歳までの藩士に十年間「程朱《ていしゅ》の学」、朱子学といっても良いかもしれぬが、これを学ばせた。書院内付属の六芸所では、禮楽射御書数を置きさらに医学も教えたことは、後の佐倉藩医学興隆の基となったといってよかろう。

藩士の子弟は十五歳に至れば必ず温故堂に入らせ、「学成らず業遂げずして私に退学することを許さず」、毎年一回、学生の行状才能を評価し上申せしめ、その優秀なる者はこれを抜擢して官職を授けた。この成徳書院は、江戸の藩邸に出講していた松崎慊堂が企画指導したもので、慊堂は「成徳書院心得書」に盛り込んだその精神を正篤に示した。

「経書《けいしょ》（儒学の経典。四書五経の類）を修めるとは経史《けいし》（経書と史書）に通じ博学になることに非ず。倫理をわきまえ実践躬行《じっせんきゅうこう》（自分で実際に行動すること）に及び、信義を専らに礼譲を慎み君子と成るべき所為《しょい》（振舞い）が肝要なり。ここに志なき者は、例え百家の書に渉《わた》り詩文に巧みなれども皆道に非ず」と。

毎年正月十一日に朱子の「白鹿洞書院掲示《はくろくどうしょいんけいじ》」講釈を以って講義は始まるが、これに基づく心がけという。正篤もこれでこそ世の中に役立つ人が育つと、その徹底を指示した。

六芸では、禮は小笠原流を、御（馬術）は大坪流、八条流を、射（弓術）は日置流をというように、それぞれ流派を比較し良いと思った流儀の師範を指導に当てた。楽は洋式の兵学が入ってからは、オランダ流の鼓笛の練習もさせ演習で披露した。書は十五歳から十九歳までを諸院内の書学所で、幼年者にも禮法と合わせ東塾西塾で教えた。算法は和算の関流である。

成徳書院が軌道に乗った天保十年（一八三九）十二月、正篤の指示の下、念願の演武場が建てられた。士風頽廃で衰えていた武術の振興を図ったこの演武場では、兵学、弓術、馬術、刀術、槍術、砲術、柔術の七所を置いた。各術ごとに流派があり師範を置いた。武術も、このいずれかで免許が取れれば増し引き免除となる。十五歳以上で各自望む師範について修行することになるが、希望すれば幼年でも許すこととした。

演武場開講に際し正篤は、文学を修める者が武芸を学ぶと同じく、武芸を学ぶ者もまた必ず文学を学ぶべし、温故堂と演武場は正に文武の両翼であると改めて宣言した。

「文武は経国《けいこく》（国を治めること）の基礎にして二者並行すべく、決して偏配すべきにあらず。故に此処に来たりて武を学ぶ者と雖も、経史講義の日は、必ず温故堂に出でて聴聞すべし」と。

医科は他藩ではあまりないだろうと自慢だったが、本道（内科）、外科、鍼治《しんじ》（鍼《はり》による治療）の免許は、小学・論語・孟子の一部と古医書の「傷寒論《しょうかんろん》」を修め、各科の医業も会得し、診療も務めることとした。追加された砲術では、二百玉異風角前業とした。定式と異なる異風で、十五間の距離に立てた標的に当てる角前業が免許となった。これで西国にあるとかいう子弟の勉学の場、「学校」が出来たと、正篤は得意になって、節子にも謙映院にも話した。

「正に不学の徒がいなくなりますね。わが高田藩でも見習うよう言ってやりましょう」

節子は、自分も幼い頃より厳しくしつけられましたから、今日それが役立っておりますと、素直に喜んでくれた。謙映院は、

「町方では寺子屋が流行で、女子《おなご》も手習いをしているとか。女子はいかがなりますか。わらわは兄と競争で四書五経を学び、礼儀作法に女子の嗜みの生け花など、そうそう父上から習った不昧流《ふまいりゅう》のお茶と和歌もありますが」とあげた後、

「藩の女子はいかがなりますか」と聞いてきた。

「女子ですか。そこまでは手がまわりません。四書の類《たぐい》は無理としても、寺子屋くらいの読み書きや女子の嗜みごとは家で見たりしかるべく通わせておるでしょう。親の才覚に任せるほかありませんな」

女子にも目を向けてほしい。正敦様は理解がありましたと口にした謙映院も強くは言わなかった。正篤は謙映院を始め女子の中にも優れた者がいるから、門戸を開いてもよいかとは思ったが、世間の評判になり「おなごに甘い備中殿」などと、腹に思われかねない事態に好んで突出したくなかったというのが本音である。

二

藩内の民政改革では、謙映院が神社参拝の折に気になったという絵馬から進んだ話がある。それは、

布団に寝ている若い女の傍らで、取り上げ婆が生まれた子供の顔に濡れ紙をかぶせている図だったという。若い男がそばで手を合わせているのでお付の者に聞くと、「間引き」の絵馬だという。

「百姓は飢饉でなくとも生活が大変でございます。働き手は欲しいから上の子は育てますが、三人目、四人目となると、おなかの中にいるうちに始末するか、生まれたら布団の下に押しつぶすという風習があります。このあたりでは昔からそれが当たり前のことですから、誰も悪いなどと思っておりません。可愛いわが子、とても出来ませんなどと言ったら、人の妻としての働きが出来ない女とあざ笑われるそうですから仕方ありません」

農家出身の下男はそう話していたという。

「折角授かった子をあやめるなど、考えられません。こちらにきて初めて耳にしました。なんという風習でしょう。貧しいが故でしょうが、母親の辛い情けない気持ちをお考えください。藩主として思いやりの心をお示しになるお触れをお願い致します」

初めての子満姫を授かった時はこれがわが子かと、泣き声ひとつ、笑い声ひとつに心癒されたものだった。あんなにも可愛い赤子が、いかに家の事情があるとはいえ許せない。彌一兵衛に問うと、

「間引きは悪い風習として存じておりました。ただ貧しい百姓にはそれしか手がないようで、われらにはどうすることも出来かねることですし、百姓の生活にまで口をさしはさむのも如何かと存じ、見過ごして参りました」

「禁令を出してはどうかな」正篤が言うと、

「殿がそこまでお気遣いなさるとは思いもかけませんでした。民を思う殿のお気持ちをお示しになる

良い機会かもしれません。ただ、暮らし向きが良くないための悪しき風習であることをお考えになりませんと。子供を育てられる手立てを合わせられることが肝要かと存じます」

彌一兵衛は、感に入った様に肩を震わせていた。早速に郡吏に村々の様子を聞くと、上総《かずさ》、下総《しもうさ》一帯どこでも当たり前に行われていると、代官たちでさえ正篤に言われて悪しき風習だったかと気付く有様だった。

正篤は老臣たちと協議し、郡吏たちにも間引きの悪しきことを悟らせ、天保九年二月十日、手書を認《したた》めた。そしてくまなくゆきわたるよう、郡奉行《こおりぶぎょう》、代官に領内の村々を廻らせ、手書を百姓たちに読み聞かすよう申し渡した。手書は次のように始まる。

「在中にて、胎内の子をおろし、うぶ子をつぶす事これあるよし、鳥獣さへ子をかあいがり、おのが命をとらるるまでも、子をうばわれじとするものなるに、ましてや人として子のかあいくなきものはあるまじけれど、全く田畑かせぎのさまたげをいとひ、貧しきにかまけて（あるひとつの事だけに気をとられる）のわざなるべし」そして優しく諭した。

「まれに子なき人、いか程ほしく思ひても、金銭にて買はれぬものなり、それに親の手づから殺す事、鳥獣にもおとりたるわざにて、右様の事いたす人は、神仏もながくにくみたまひ、天の咎《とが》（非難）もまのあたりにて、その家によきことは来らず、終にはますますこんきうするなり、此道理をよくわきまへ、この後われら領内にて、子をおろし、つぶすこと、決して致すましく候」

百姓に我が思いが通じるよう念じ、仮名の多い文にまとめた。聞きながら涙を流していた農婦が大勢いたと報告にあった。貧しさが故のなせる業ですという彌一兵衛とも知恵を絞り、子育て補助金を設けることにした。正篤が手許金五百両を拠出し、商人たちにはかったところ、子供が増えるならと応じる者があり、合わせた金を「陰徳講」と名づけ、その利子の中から生まれたときに祝い金を、子育てが苦しい者には補助金を月々与えるようにした。

改めて調べると、洗児とも呼ぶこの悪習は、関東一円に及んでいるという。それではと、常州（常陸《ひたち》）、野州（上野《こうずけ》・下野《しもつけ》）、武州（武蔵《むさし》）、相州（相模《さがみ》）と散在する飛び地領にも吏員を遣わし、懇《ねんご》ろに説諭《せつゆ》させた。領内ではこれよりこの悪習がみられなくなった。

その後の調査では、天保元年より九年間の人口は十人の増加で、男子は十人減だったのに、天保九年から安政五年の二十一年間の人口は一万二千三百三十八人の増加となっていたという。間引き禁止の効果があったのだ。

謙映院はこれほどに効果があるとは思いませんでしたと驚き、気懸かりがひとつ解決したと喜んでくれた。節子は、わらわに子が授かるようにとの御触れと有りがたく受け止めておりましたが、なかなか授かりませんでと、子を押しつぶすと聞いて眉をひそめていた顔をまた曇らせた。正篤はその恥らう姿をいとおしく思い、側室でなく節子に子がさずかるよう願った。側室のつなは相変わらずとらえどころがない女だ。八つになる満姫を連れてきて下屋敷の家庭の味をみせたかと思うと、すねてみたり甘えてみたり、二人になるとどう振舞うか戸惑うばかりだ。

三

彌一兵衛は、「間引き禁止はようございました」と言った後、改めてお話したいことがございますと態度を改めた。

「成徳書院で藩校の充実はかれましたが、医学についてでございますが、蘭方を当藩の柱にされては如何かと存じますが」

医学所も始まったばかりである。勿論漢方である。思わず彌一兵衛の顔を見た。

「それがし、以前背中に大きな癰《よう》、おできの膿んだものですが、その癰が出来たことがありました。赤く腫れて痛みが烈しく、漢方の名医を訪ねましたが、どこでも手がつけられないと、首をひねるばかりです。仕方なく蘭方医に診てもらうと、さっと切除して治してくれたのです。それ以来蘭方は凄い力を持っていると信じるようになりました」

いやあ、あの時は往生しました。彌一兵衛は背中に手をやって笑ってみせた。

「彌一兵衛、わが藩では唯心公《ゆいしんこう》（堀田正順）が長崎から蘭方医樋口保貞を藩医にお招きしてより、蘭方には他藩より力を入れておるぞ。わしが後を継いだ折も、保貞の子保晋がシーボルトなる者に学びたいと申すので、長崎に遊学させた。成徳書院のひとつの狙いは医科を設けたことだ。今は漢方だが、実力を示せば蘭方が取って替わろう」

「殿、殿は機が熟するのが大事だと仰せになられますが、新しい物には人はなかなか馴染まないものです。良いと思われることは、上からお示しになることも時には必要ではないかと存じますが」

「彌一兵衛、わしに何をせよというのか」

「恐れ入ります」

彌一兵衛は、江戸で三大蘭医の一人として名高い戸塚静海《とつかじようかい》を侍医にしてみてはと薦めた。

伊藤玄朴、坪井信道の二人と戸塚がその三大蘭医だが、静海は外科で、蘭方の得意とする分野です。玄朴と静海はかの有名なシーボルトが開いた、診療所を兼ねた私塾「鳴滝塾」の同門で、江戸で開業し評判を得ております。

オランダか。正篤は正敦の部屋を思い出した。異国について話してくれた時の勢い込んだ話しぶりが懐かしかった。

——そうだ、これから時代は思わぬ変化を遂げるかもしれん。三方領地替えでは、絶対と思われていた台命が覆《くつがえ》ったではないか。これからは、先の時代を読む力がないと生き残れぬかもしれぬ。蘭学はそのひとつであろう——

正敦は何かの折に諭してくれた。

「正篤殿はお若いから、新しい時代の変化にもついてゆけるだろう。何事にも目を開き頭を柔らかくして、見慣れぬ物も取り込んでゆける度量が必要じゃ。見抜くよき目、よき耳が必要だな。家臣ばかりでなく己の周辺にも今ほど人が必要な時はありませんな。幸い渡邊彌一兵衛というよき家臣に恵まれましたが、これからも人を求め、殿を思い国を思う、戦で言えば『軍師』をお探しなさいますように」

正篤は静海を侍医にするとともに、家臣も育てなければと、これも評判の箕作阮甫《みつくりげんぽ》の許に鏑木仙安《かぶらぎせんあん》を入門させた。その成果を見て、西淳甫《にしじゅんぽ》に同じく西洋医学研究を命じ、阮甫の許に入門させた。三年後の天保十二年（一八四一）二月には、阮甫の許修行を積んだ仙安、淳甫に長崎遊学を命じた。そして翌年二人が帰ると、淳甫を江戸の、仙安を佐倉の医学所都講に任じた。かくて成徳書院の蘭方講義が開始されたのである。

正篤が老中辞任を決意し、彌一兵衛に下問していた天保十四年三月、鏑木から思いがけない許可申請があった。医学の発展のために刑死人の解剖をしたいというものである。臼井の刑場脇で行いたいという。忠邦に翻弄された無念さと、何も出来ない己の無力さに、潔く辞任してやると意気込んでいた正篤は喜んで許し、満足がゆくよう取り計らいを指示した。「罰が当たりませんか」及び腰の代官には、「わしも見たいくらいだ。希望する医師には見学を許すがよい」と命じた。

まだご厄介の頃、正敦の下屋敷で謙映院と顔を合わせたことがあった。あの時だ。『解体新書《かいたいしんしょ》』という西国の人体解剖図を初めて見せられたのは。漢方の五臓六腑《ごぞうろっぷ》とは全く違い、細部まではっきりとした図で、謙映院と二人で驚き感心したものだった。

「どうだ。人は誰もがこのように体の中は同じ姿になっている。かの国では事実に基づきひとつひとつ身の回りのあれこれを究め、秘伝にすることなく広く知らしめている。人体のありのままの姿も知らずに医者だなどと威張っていては誠におかしな話よのう」

正敦は笑っていたが、謙映院と自分はその図にひきつけられ、不思議な世界を見るようにただ驚いて見つめるだけだった。謙映院はあれから後、二人になった折には解体新書の驚きをよく話題にした。今回の解剖の話をしたら、わらわも見たいと臼井まで飛んでゆくかもしれない。それにしてもわが佐倉藩の洋学が又一歩進んだなと、気持ちが明るくなった。

「三月十九、二十一両日に分け、臼井村地先野谷で、牢破りで打ち首になった民之助なる者の腑分《ふわ》け（解剖）が出来ました。仙安に加え、坪井信道同門の小柴百之、広瀬元恭両名も成田山参詣の帰途に巡り会い、立会い、共に学ぶことが出来、一同感謝致しております。まっこと解体新書の如くでございました」

感激冷めやらぬ上気した顔で報告した仙安の緊張した顔が心に残った。謙映院も報告にかけつけ、『解体新書』の図を思い出してか、あれは、これはと質《ただ》していた。腑分けなど気持ちが悪いと男子でさえ顔をしかめる中、謙映院は満足気だった。

四

彌一兵衛が興奮してやって来たのは、日光供奉が終わりほっとしていた六月のことだった。儀式づくめで肩が凝ったぞと話がそこに戻ると、彌一兵衛は晴れ渡った本日のような良いお話を持って参じましたと、丸い顔一面に笑みを浮かべた。

「念願の蘭方医学も根付いてきたようで誠に喜ばしいことでございますが、本日はまたとない人物に謁を賜りたく存じます」

「彌一兵衛、そちがそんなにほれ込んだ人物なら、勿体ぶらずにここに連れてくればよいではないか」

彌一兵衛は、先ず如何なる人物かお話してからが宜しかろうと存じましてと、話し始めた。

「ご推挙致したいのは、和田泰然《わだたいぜん》と申す蘭方医でございます。長崎で最新の蘭方医術を修行し、江戸に帰り薬研堀で開業致しておる者です。外科ですが、腫物等小さなものだけでなく、おなかを割《さ》いて病所を取り除く本格的な西洋流の手術を得意とする男です。評判を呼び流行っており、弟子をとって教えてもおります。研究に必要だからと、高価な蘭方の書物をどっさり集めた部屋もあり、弟子にも自由に使わせているとか。噂が飛び交っている話題の主でもあります」

「そのような男がわが佐倉藩に来たいとな。しかも江戸でなく佐倉に来たいと申しておるというのは、如何なるわけがあるのじゃ」

共にくつろいでいた節子が、話に惹かれたのか、口を挟んだ。

「それが、不思議な縁がございまして」

彌一兵衛は待ち構えていたように話を続けた。

「泰然は佐藤藤佐《とうすけ》と申す伊奈家の用人の息子で、訳があって母方の和田姓を名乗っているそうです。佐倉に移れば佐藤姓に戻すと申しております。——実は藤佐は殿がお裁きになった三方領地替えの庄内藩出身で、南町奉行矢部駿河守様が証人として調べ、その口書《くちがき》が決め手となって水野越前守様が罪に問われる結果となったその時の証人です」

「そうか、泰然はその藤佐の子ということだな」

その通りでございます、と頷いた彌一兵衛はつと体を起こし、拳を握り力をこめた。

「ご承知の通り、三日の慎み休みの後出仕した水野様は、鳥居様と共に天保の改革を進めると同時に復讐の手を矢部様に向け、食を断つという無念の死を遂げさせました。そして鳥居様は矢部様の後の南町奉行に収まりました。泰然はこの水野様、鳥居様の仕返しが恐ろしいのでございます。泰然は高野長英を蘭学の師とし、蛮社の獄で罪に問われた師をかくまった疑いも持たれており、それも江戸を離れたい理由のひとつです。領地替えを沙汰直りにしたり、水野様とは対立していらっしゃるとも聞いて、殿に親しみを抱き、かくまっていただければ有難いと願い出ております」

呼び寄せて話を聞くと、医学だけでなく、世の中について新しい深い考えを持っている。

「佐倉は江戸より十二里、一日の行程だ。くつろいでわしの侍医になってはくれぬか。そして佐倉藩の医学の道を新たにしてくれぬか」

穏やかな物腰と落ち着いた話しぶりに、これは人物だなと感じ入った正篤は、良い待遇で迎えたいと誘うと、

「武骨者で、気儘に暮らしたいと存じます」と申し出を辞退する。

「町医の方が気楽なのでございましょう」彌一兵衛がとりなした。

「町人となるとしかし、名主の支配を受けねばなるまい。それもわずらわしかろう。ではこうしよう。客分として一人扶持でというのは如何かな。気になさるような高でもないし、侍身分だから、町方の支配は受けずにすむ」

「ご配慮有難うございます」

江戸を早く引き払いたいと、泰然は自らの薬研堀の塾を長女つると娶《めあわ》わせた長崎帰りの友人林洞海に譲った。藩の飯塚検校の案内で佐倉に向かった泰然は、佐倉に帰り待ち構えていた渡辺彌一兵衛の家に草鞋《わらじ》を脱いだ。佐藤泰然働き盛りの四十歳の夏である。

彌一兵衛は、藩医たちとの要らざる摩擦を避けようと、町の東のはずれ本町にあり空き家となっていた豪商那須家跡に場所を呈した。佐倉城を中心とした町は西にあり方角は反対になる。農業を兼ねた小商人の家が上下の町に分かれている。家の後は田畑山林が広がり、狐が多く住んでいるひなびた所である。泰然はこの地に病院をつくった。

落ち着いてから泰然は家族を呼び寄せたが、父藤佐は江戸に留まった。一つには水野忠邦が閏九月十三日にお役御免となったので安心したのであろう。忠邦は江戸大坂近傍の大名・旗本に、江戸・大坂十里以内の知行地を幕府に返上させる「上知令《あげちれい》」を出し、大名旗本の烈しい反対にあい失脚したからである。

また一つには泰然の振舞いが藤佐の気に入らなかったのだろう。

「折角わしが苦労して買った御家人の株を、あいつは弊履《へいり》（敗れた草履）の如く捨ておった。けしからん」

泰然の子供たちは、この祖父の嘆きを耳にしているという。

佐倉に移った十月に建ちあげた病院を、泰然は「順天堂」と名づけ、額を掲げた。順天とは天に従うの意味で、中国の古書にある言葉である。その後順天堂は外科といっても腫物の切開か切り傷の手当くらいに考えられていた我が国の医療に、本格的な外科手術を施し、近在のみならず遠方からも病者を集めた。順天堂塾も評判を呼び、全国から生徒が集まるようになり、多くの門人を育てた、佐倉で蘭学がさかんとなり、医学だけでなく西洋流兵制が導入されたのも、順天堂と泰然の学識が大きく影響している。

泰然の手術は麻酔を使わない。小便がつまって激痛に苦しむ患者に「膀胱穿刺《せんし》（体腔《たいこう》・臓器に中空の細い針をさすこと）」の手術を施したり、卵巣にリンパ液が溜まる「卵巣水腫」や、「乳癌」などの開腹手術も成功させた。華岡青洲《はなおかせいしゅう》は麻酔薬を使って評判を呼んだが、あの麻酔薬は危険が伴う。病人は自らの生命のためには一時の激痛には耐えなければならないし、耐えられると信じていたからである。介助者として手術に立ち会った者は、患者がむしろ平然としているのに驚き感心している。そして苦痛も出血も意外に軽かったのを見て、先生がおっしゃるように安全が確かめられていない花岡流よりこの方が安全で確実だと実感したという。また華岡流は師弟相伝《そうでん》（代々受け継ぐこと）の秘術だが、人の役に立つ医療技術は誰もが学べる形で伝えてゆくべきだと、西洋流の塾の形をとったという。泰然は、西国のモスト、フーヘランド、セリウスなどの書を何度も読んで頭に入れ手術をしたというが、書を読むだけでそんなに上手くいくものかとも思う。

塾には多くの入門希望者が遠くからやって来た。入門を許された者は寄宿舎に入り、塾頭の指導に従うことになる。原書を読む者と訳書にする者とに分かれ、教えられた中から問題が出され互いに討論させ、それを批判しながら指導がなされた。泰然は後に正篤の顧問として外交に助言するようになるが、「順天堂」の指導はやがて弟子の山口舜海が中心となった。舜海は見込まれて泰然の養子となり、佐藤尚中《たかなか》と名乗り跡を継いだ。実子で幕府御殿医にまでなった良順（松本良順）を養子に出し、弟子を養子にしたのである。

このように、佐藤泰然は自分が苦労して作り上げた順天堂を、実子でなく最優秀の弟子に継がせた。そこには泰然の、血統よりも医業が大切だという考えがある。

「人間にはすべて個性が有り長所短所がある。大事なことはその個性を伸ばすことである。医者の子だから医者に適しているとは限らない。特に医者は生命を預かる者だから、その術が精妙でなければ医業を継がせてはならない」

これが泰然の信念だという。医業を出世や金儲けの手段とし、それを子孫に譲ろうなどという考えは、泰然には全くないのであろう。伊藤玄朴を金に汚いと嫌い、清貧に甘んじた坪井信道を医者の鑑と称えた泰然の考えがそこにあり、そう思ってても普通はなかなか出来ないことを、当たり前のように実行するところに、泰然の並外れた凄さがあるのだろう。

また順天堂では、語学より医師として必要な知識の習得と手術等の医療技術を重視した。間違えて読み取るといけないから蘭語を学ばねばならない。語学は正確な理解に必要な手段であるという考え方で指導が行われた。泰然と同じ頃大坂で緒方洪庵《おがたこうあん》が開いた「適塾《てきじゅく》」が、蘭語の読み取りを軸としたのと対照的である。順天堂では塾生も助手を務め、手術にも立会い、医術を磨くことが出来た。語学が出来る者はそれだけでは評価されなかった。医術の優れた者の方が尊敬された。

五

弘化二年（一八四五）二月、正篤に待望の男子が誕生した。側室もとが宿した子である。正室節子に子が出来ず、満姫を産んだつなもその後子をなさないため、彌一兵衛たち老臣が側室にしたもとである。「わらわにはなかなか子が授かりませんのに」そう言いながらも節子は母として振舞うべく、あれこれと気を配り、男子をあげたもとに正篤が通いやすいように控え目にしている。

その節子が懐妊と思われた様子を見せた十一月に突然亡くなった。三十歳の若さだった。大人しく控え目で、少女のように無邪気で可愛い所が正篤には何より心安らいだ。反面いつまでも堅苦しい儀式ばった態度を崩さない人でもあった。何か素直に心許せる人がいなくなったようで、正篤は暫くは渋谷の下屋敷の庭を歩き回ったり、品川の海まで遠乗りをして貝を拾ったり、富士を眺めたりした。

しかし、春之助と名づけたもとの子は次の年に疱瘡《ほうそう》（痘瘡《とうそう》即ち天然痘の俗称）にかかり呆気なく死んでしまった。ようやく一言二言が口に出るようになったばかりだっただけに、何も手当が出来なかったのが悔しかった。次の年二月にはしかし、つなが男子を産み、今一人の側室伊久も女の子を産んだ。春之助を失ったばかりだったので、喜びも一入《ひとしお》だった。男子は勝次郎、女子は寿姫と名づけたが、泰然に聞くと、西国では近年種痘《しゅとう》という疱瘡を防ぐ方法が出来ているという。この病は一度かかると生涯その人にはかからないとわかったので、わざと疱瘡にかからせて防ごうという方法だという。

「実は天保九年（一八三八）のことですが、長男順之助と友人松本良甫の娘にその種痘を施しました。二人とも軽く済んでよい結果となりました。これで疱瘡にかかる心配はありません。しかしこれは人痘といってかかった人の膿を取って植えつけるもので、本物の疱瘡になる場合もありますから、まだやたらにはお奨め出来ないのです。ただ人でなく牛にかかった疱瘡を人に植え付けると、症状は出ず人の疱瘡にもかからなくなります。ジェンナーという人が開発したこの牛痘《ぎゅうとう》なら安全ですが、その牛痘が手に入らないものですから」

「長崎で教えを受けた楢林宗健《ならばやしそうけん》先生はシーボルトに学び種痘に熱心で、痘苗《とうびょう》（種痘に用いる痘瘡ワクチン）をオランダから取り寄せたいと常々お話しになっておりましたから、そのうちに手にはいるかもしれませんが」と、泰然は残念そうだった。これには苦い失敗があるからだという。

彌一兵衛様にはご信頼を裏切ることになり、誠に申し訳なかったのですがという。種痘の話を聞いた彌一兵衛は泰然に頼み、次女に人痘を植えて貰った。その子は亡くなりはしなかったが発病し、跡が残ったという。しかし、泰然の子たちは良かったのだ。正篤は試す価値はあると思った。

この年正篤は手術を受けた。陰嚢が腫れ、診てもらうと陰嚢水腫だという。「心配要りません、中の液を抜きたまらないようにすればよいのです」正篤は泰然の推挙で侍医とした三宅艮斎《みやけごんさい》に手術を任せた。痛さはあったが、農婦が静かに腹を切らせたと聞いていたので、「わしは男だ、藩主だ、恥をかきたくない」と思って耐えた。自ら蘭方の手術を受け、その鮮やかな手際に感心した。自分は軽いものだったが、やはり泰然流の手術は凄い。日本中に広めたいものだと、蘭方への信頼が増すと同時に、医学ばかりでなく各分野でよいものは積極的に取り入れようと、改めて西国の新しい品々を見直してみた。

長女満姫が高崎藩主松平光総に嫁いだのもこの年である。

——娘が嫁入りする齢になったのか。わしも四十八歳、我が家にも色々なことが起こってくるものだ。節子は早くに死んでしまったが、満姫は幸せになってくれよと願うばかりだ。抱き上げると火のついたように泣き、どうあやしても手足をばたつかせていたあの重みと壊れそうなやわらかさ。片言を話し駆け回る愛らしさ。そして成長したこの頃の女らしい仕種と思いがけない父への気遣いなど。外の男に取られたくない——

節子が亡くなってからは特に、疲れて帰ると満姫の笑顔が癒しになった。日が迫るにつれそんなあれこれの思いが湧き起こる。嫁にやるというのはこのようなものなのか。母親のつなはまだ手許に置きたかったようだが、縁があるときが一番と言われ、質素ながら精一杯気配りして送り出した。生まれたばかりの勝次郎がそのつなの慰めとなり、可愛がっていた。その勝次郎が、一歳になったばかりで風邪をこじらせ、高熱を発して死んでしまった。疱瘡だけでなく一寸したことで赤子は命を奪われる。

つなの嘆きにようやく授かった男の子をなくした無念さもあり、正篤は藩から幕政に目を向け、溜りの間で詰めている時間に気晴らしを求めた。この時父直亮の代理で入ってきたのが彦根藩の井伊直《なお》弼《すけ》である。新入りの直弼は三十を過ぎたばかり、様子がわからずまごついていた。家門譜代の松平の諸侯たちは、面白がってそれとわからぬいじめをした。正篤は正義感が俄《にわ》かに湧き起こってくるのを感じ、かばい助けた。そんな正篤に、よほど嬉しかったのか、直弼は目に涙をためて礼を言った。詰めていても特に仕事もなく、打ち解けた仲間が出来なかった正篤も、友が出来たと嬉しい出会いとなった。

六

しかし、溜りの間詰めとはいえ、幕政に直接は関われない。藩政に目をやると、子供の命を奪う疱瘡がどうしても気になる。民間では疱瘡よけのまじないに、鐘馗、鎮西八郎為朝などを書いた赤刷りの錦絵を飾ったりしているとか。そんなもので治りはしない。それにしても、人痘は危険がある上接種した小児から小児へ伝えるというからこれも大変だ。

嘉永元年（一八四八）七月、長崎出島の医師モーニッケなる者が、ジャワのバタヴィアから痘痂《かさぶた》を取り寄せ、楢林宗建の息子に接種、善感《ぜんかん》（種痘が上手くついた）、牛痘が全国に広がっているとの報せが伝わってきた。正篤は泰然の師でもある宗建が鍋島藩医でもあることから、江戸の鍋島藩邸を通じ痘苗（種痘のワクチン）を入手、佐倉に送り順天堂で接種することにした。

種痘の効果は西国で実証され、泰然も自信を持って勧める方法である。まして安全だという牛痘である。これを広め、領内から疱瘡をなくすのが領主としての役目だ。しかし、新しいものはなかなか受け入れては貰えないだろう。正篤は自ら範を垂れようと、二歳の寿姫に接種した。多少赤くなるだけで、異常はみられない。それではと、十二月に佐倉子育て役所布達として、正篤の「種痘教諭書」を木版刷りにし郡代より村方へ配布させ、各名主より村中にその趣旨を徹底させるよう仰せ付けた。

翌年三月に準備が整ったので、種痘は医学所で実施されることになった。正篤は「牛痘心得所」で触書を具体化した御触れを出し、わが子に接種し害はなかったと諭させたが「牛になる」などと気味悪がって誰も受けようとしない。

「殿の有難い思召しである。これで可愛いわが子が疱瘡にかからなくなる。西国よりの最新の治療法だぞ」

威しても諭しても、皆尻込みするばかりである。それではと、村吏に「接種せよ」と郡吏に命じさせた。「わが子を人身御供に捧げる心持です。どうかお許しを」と泣き叫ぶ者も一人や二人ではなかったというが、その子らは特に異常もなく、多少熱が出たり、かゆみを訴える子があったくらいであった。ようやく種痘は恐ろしいものではないと、村人たちにもわかったのだったが、それでも避ける者が多かった。その次の年、疱瘡が大流行した。子供たちの多くが感染したが、種痘を接種した子供は一人も感染しなかった。創めてその効果が絶大とわかったので、それからは皆先を争って医学所に押し寄せた。

よいことでも新しいことは、先立つ者が信念を持って教え示さなければならない。種痘もこれで佐倉藩では当たり前となるだろう。恐ろしい疱瘡から逃れる方法を知り、広められてよかった。しかし、まだくまなくとはいかない。正篤は、自らの手の届く所には広めたいと願った。そこで泰然と相談して、順天堂の医術を身につけた学生を組にして、領内の村々を廻らせることにした。種痘接種隊である。これで領内では疱瘡で命を失う者はいなくなるだろう。飛び地にも目を向けた正篤は、関東の下野、相模、常陸、武蔵、そして遠く出羽国村山の飛び地にも種痘を徹底させた。

学生の種痘接種隊は思わざる効果をあげた。藩が補助したが、わずかだが接種料をとった。これが学生たちの収入となったからである。感謝されながらお金を頂ける。学生たちは、未接種の所を探し回り、喜んで山奥まで足を運んだ。ついでに病気の者も看てやり、思わぬ交流が出来、勉強になりましたと言う者もいた。貧農の出ながら才能を開花し高弟となった関寛斎《せきかんさい》は、着の身着の儘でいるので「乞食寛斎」と呼ばれていたが、学費の足しに大いに役立ったと有難がったという。順天堂では食費と学費合わせて月二分、年六両かかる。寛斎の郷里東金の前の内では、一反歩（三百坪）の水田が買える大金だから、一年しか仕送りが貰えなかったからである。このように順天堂の発展で蘭方の優れていることが行き渡ったので、成徳書院の医学所では嘉永二年から漢蘭兼修が義務付けられた。

この年、嘉永二年の暮れも押し迫った十二月二十一日、突然の報せに正篤は驚きと悲しみに襲われた。正篤が今日あるを築いてくれた老臣渡邊彌一兵衛が、中風で帰らぬ人となったのである。五十四歳だった。病など寄せ付けず、若い者に負けず藩政に意を注ぎ正篤を支えてくれたのに、余りにも突然だった。駆けつけた泰然も手の施しようがなかったという。「巳年の改革」で佐倉藩を蘇えらせ、幕政でも的確な助言をしてくれた。近くは佐藤泰然を佐倉に連れてきて佐倉に蘭方医学を、そして蘭学を盛んにし根付かせてくれた。

この間も「西の長崎、東の佐倉と言われておるそうですな」と得意そうに話していた。「水戸の斉昭公は、蘭学好きの殿を『蘭癖《らんぺき》』と呼んで嫌っておるそうですな」と笑ってもいた。新年間近でもあり、儀式は年明けとした正篤は、渡邊彌一兵衛を悼んで三日間の「歌舞音曲」の禁止を城下に触れた。

それにしても、彌一兵衛なしの正篤はない。ご厄介から嗣子に、彌一兵衛が推してくれなかったら、支藩の正脩が後を継ぎその子孫に引き継がれ、自分の出番はなかっただろう。藩主も老中も夢の話となっていた。そして、今日まで何とかやってこられたのも、彌一兵衛がそばにいてくれたからだ。五十四だ、早すぎるではないか。まだまだ教えてもらいたいことが山ほどあるというのに。正篤は、秋に彌一兵衛と話したことを思い出した。

「一昨年ようやく本途渡《ほんどわた》しが出来たが、どれだけ続くことか。まだ借財があるし、予定外が一つでも入ったらたちまち元の歩引きじゃ。まあ、出来る時にわずかでもしておくということで勘弁してもらうか」

「そうでございますなあ」彌一兵衛は声を合わせて笑いながら、ふと笑いを止めた。

「殿、まずいことに、予定外がひょっこりやって来ますぞ。お覚悟なされまし」

「何それは困った。何事が起こるのじゃ」

彌一兵衛は下を向き、クックッと何かをこらえているようだった。顔を上げると遠くを見るような目をした。

「御老中の出番が必ず参ります。世の中騒がしくなって参りました。大国清がアヘン戦争で敗れてひどい目にあっております。その波が我が国にも遠からずやって参りましょう。そのとき異国と上手くやれるのは、それがしの見るところ、殿をおいて外にはおりません」

「楽しい夢物語だな。若い阿部伊勢守殿が目ざましいお働きをしておる。わしの出る幕はないわ。それよりも種痘で疱瘡から領民を守ってやらねば、それに文の方は医学を中心に蘭学が盛んとなったが、武の方も西洋に負けぬ兵制を整えねばならぬ。この小さな佐倉藩でもやることは山ほどあるぞ。彌一兵衛にはまだまだこれから助けてもらわねば。やるべきことが多すぎて体が幾つあっても足りないくらいだ。よろしく頼むぞ」

彌一兵衛は黙ってじっと正篤を見つめていたが、

「殿は大きゅうなられました。後は男子ご誕生が待たれるところですな。ところで、これから異国とのことで何かことがありましたら、泰然を頼りになさいませ。オランダの出島商館長ニーマンとやらに蘭語を学ぶと共に、世界情勢についても多くを学んだようですから。ただの医者ではありませんぞ。異国ということでは、蛮社の獄の高野長英の流れも汲んでおりますし」

彌一兵衛はあの時可愛い子を眺めるような目をして自分を眺めていた。彌一兵衛の自分に寄せる思いに応えられるよう、学びつつ更に成長していかなければ。それにしても心にぽっかりと開いた穴は、何と大きいことか。ぞくっとする冷え込みに上を羽織って縁に出ると、空一面に星が輝いていた。流れ星が西の空に落ちた。――巨星落つ、彌一兵衛――。人の世は夢の如しとはいえ、大切な人との別れはこんなにも早く突然に訪れるものなのか。なんともいえず淋しいものだ。

彌一兵衛が待ち遠しいと口にしていた男子は、嘉永四年十二月に授かった。上は皆亡くなってしまったが、数えて四男になる。体が丈夫な側室伊久の子だから今度は丈夫に育ってくれると思ったが、種痘だけはしっかりと植えつけた。鴻之丞《こうのじょう》と名づけた。翌年には五男璋之助《しょうのすけ》が生まれた。側室秀の子である。四十を過ぎて男の子二人を授かったのはとても嬉しいが、子供たちにとっても男同士お互いによい影響があるだろう。早く大きくなってほしいものだ。璋之助にも種痘を施したことは言うまでもない。年月などあっという間に過ぎ去ってゆく。こうして佐倉の譜代藩主として日々過ごすのが与えられた定めであろう。彌一兵衛の予定外など夢の話、やはり自分の出番はないのが当たり前。こうなれば出来ることをやれるだけやってしまうしかない。彌一兵衛を失った悲しみと辛さは消えないが、祈ってくれた男子誕生を予定外の有難いお恵みとして感謝しつつ、それを生きる励みとして生き抜くしかない。星空を仰ぐ正篤に新たな気力が湧いてきた。

彌一兵衛とも語った武の方は、成徳書院の演武場でその振興を計ったが、新しい時代にこれまでのもので対応できるのか、気懸かりだった。

七

本丸老中となり、三方領地替えで庄内農民の駕篭訴もあり御用部屋が揺らいでいた五月、大砲を中心とした新しい軍事訓練の必要性を上申していた長崎町年寄りの高島四郎大夫が、徳丸が原で演習を行うと聞き、正篤はじっとしていられなくなった。彌一兵衛とも相談、家臣斉藤碩五郎《せきごろう》らを参加させた。砲二門に銃装の兵三大隊の迫力ある訓練だったという。高島は秋帆《しゅうはん》と名乗り、幕府の砲術教授となった。

周辺は騒がしい。老中辞任の翌弘化元年（一八四四）七月にはオランダ国王から開国の進言があったと、溜りの間まで伝わった。翌二年には阿部伊勢守正弘が老中首座となった。そして二月、アメリカ捕鯨船マンハッタン号が、洋上で救助した日本人二十二人を乗せて浦賀にやって来た。船長マーケター・クーパーは、一時でも早く上陸させたいと、上陸拒否を覚悟で浦賀を目ざしたという。阿部は浦賀奉行土岐丹波守頼旨の上申に応じ、人道上の権宜《けんぎ》の措置（便宜の処置）として、受け取りを認めた。将軍家慶の許しを得たことは勿論である。外国船は長崎以外の港に入港を許さない二百年来の鎖国は、特別の措置とはいえ破られたのだ。正篤は、若い阿部が大胆な決断をしたことに驚き感心した。そして決まりを守ることにこだわらず、それを許した家慶の温かい心に触れたようで、そんな主に仕える我が身が誇らしく嬉しかった。

幕府も揺らぎ、鎖国も揺らぎ始めている。異国に目を向けさせてくれた正敦を、そして異国に備えよと国を憂えていた林子平を思い出した正篤は、しっかりせねばと気を引き締めた。次の年弘化三年五月にはフランス軍艦二隻が琉球に通商を迫ってきた。琉球は薩摩と清の両国に属している。薩摩から報せを受けた阿部は、薩摩藩に出兵を命じ、万一に備えさせた上で、最小限の交易を琉球に認め、フランスの要求に応えた。紛争になれば国難を招くと判断した阿部に、家慶はこれも許可したのである。これなら、オランダ国王の進言のように開国に向かうかと思っていると、六月に浦賀に来たコロンバス号には通商を拒否、コロンバス号はおとなしく帰っていった。しかし、この分では将軍家慶、老中正弘の下、何れ開国は避けられないだろう。ただ武力で迫るかもしれない異国にどのような形で対応するのか、清のように国を危うくしないためにはどうしたらよいのか、それが問題だなと正篤は思った。

佐倉藩の武道の充実をと、正順が定めた甲州流の兵制を見直したのもこうした異国船の出没が危機感を齎《もたら》したからに他ならない。正篤は彌一兵衛にも諮り、諸術を比較し検討させた結果、長沼流が最も時代に即応していると納得出来たので、弘化三年〈一八四六〉に、長沼流を修めた藩士宮崎平太夫や奥州三春の浪士小野寺儁斎を取立て、オランダの銃も取り入れ完璧を目指した。

蘭方に我が国古来の思考や技術をはるかに越えた飛躍的なものを実感していた正篤は、兵法に於いても更なる研究を怠らなかった。高島秋帆の徳丸が原の演習に学ばせた斉藤碩五郎たち三人を、嘉永四年（一八五一）には松代藩の佐久間修理〈号・象山〉の許で学ばせた。一年余の修行で帰藩した斉藤たちに西洋砲術の指導をさせていた正篤は、翌々六年六月、ペリーが浦賀に来航すると、黒船を意識した演習をさせ藩士の意識を高めた。佐倉城中に西洋砲術の演習場を作らせ、選抜した二十七名の藩士たちが号令に従い整然と幕の的に当てる姿に、正篤も集まった藩士たちも喝采の声を挙げたものである。

しかし、黒船の威力はこんなものではない。正篤は、木村軍太郎が蘭学を修め兵書も収めたと聞き近習に取り立て、さらに西洋の兵書を研究させた。その報告を聞く度に、正篤にも、西洋の兵術がとてつもなく進歩発達していることがわかった。西洋の事情に詳しい佐藤泰然に問うと、正にその通りであり、かの国々との戦など考えるだに恐ろしいことだという。そして順天堂の評判が高まり「西の長崎、東の佐倉」と評価されるに至り、妬《ねた》む漢方医もいまいと請うた正篤に、弟子の舜海を養子にすることを許してもらえるならと、泰然は藩医を承知してくれたのである。何と泰然は手術にも学問にも抜群の腕を見せていたわが子良順を友人の幕府御殿医松本良甫の娘の婿にやり、弟子の中で最も優れているとして、小見川藩医山口甫仙《ほせん》の息子舜海を跡継ぎの婿としたのだ。佐藤尚中《さとうたかなか》と名乗った舜海の妻も茨城の農家の娘だから、夫婦養子である。「医者は血筋でなくその医術と人間で選ぶべきだ」泰然のそうした考えにも打たれた。早速十五人扶持で藩医とし、医学所の改革も委ね、蘭方もこれでますます盛んになると、ほっとした。と同時に「泰然を頼りになさいませ」と薦めていた彌一兵衛にこれで応えられるとの思いもあった。

洋式兵法の充実をと早速実施したのが旧式の火縄銃の廃止である。木村の比較研究の結果、先のゲーベル銃をやめエンフィールド銃を採用した。先込め式のライフル銃で、値段は高かったが性能は素晴らしかった。西洋剣銃の術も学ばせ、扱いに慣れさせていった。

ペリー再来航で「日米和親条約」が結ばれた翌年、安政二年（一八五五）五月には木村を中心とした研究と進言に基づき、「藩兵制改革趣意書」を布告、藩の兵式を一新、洋式兵制に改めた。その基になったのは、高野長英が翻訳した「歩騎砲三兵戦術書」である。プロシャの陸軍将校フォン・ブラントが編み出した、「三兵タクチーク」と呼ばれた画期的な戦法を著したもので、高野の翻訳は八年前、その写本も出回っていた。その戦法とは、銃剣を構えて攻撃してくる歩兵の密集集団の頭上に大砲を撃ち込み、混乱した歩兵集団を横から騎兵がけ散らし退却に追い込むというものである。正篤は、弓組、長柄組、旧砲術組を廃し、歩騎砲三兵に改めるよう決意し、その具体化として上士を騎兵隊に、中士及び諸士の子弟を大砲隊に、足軽を小銃隊に当てはめて編成した。

袴を改良した幅広のダンブクロ（袴を改良したズボン）をはき、桜の花びらの合印をつけた編み笠風の韮山帽《にらやまぼう》をかぶり、金筋三本の引肌皮でさやを包んだ刃を付け、堀田家の田の字の合印をつけたランドセルを背負った藩士たちが三兵に分かれ演習する姿に、新しい時代の先端をいっているんだと、誇らしく思ったがこれはまだ玩具のようなものかもしれぬと、気をひきしめた。

八

民政改革では、刑獄の改良を行った。気になっていたのが、「追放」の刑である。しかし、一度この刑に処されると、赦免の機会はほとんどなく、終生故郷に帰れない。正篤は考えた。

「凡そ刑罰は政教を輔《たす》くるの具のみ、唯其非を懲らさんが為にして、其人を悪むにあらず、濫りに重刑を加へて、其目的を誤るべからず」

藩主は親だ。子である領民に帰郷は許すべきだ。罪はしかし問わねばならない。そこで軽罪の者は笞杖を加え追放の刑を止め、或いは黥刑《げいけい》〈刺青〉に処した。

また、入獄した囚人には家族がその食事を送る決まりがあったが、その費用が重なり家財を傾ける者もある。正篤は内庫の金を出し基金とし、その利子で一日二度の食事が出来るようにした。

民政の任に当たる郡奉行や代官にもっと民の声を聞けと諭した。

「近時、濫訴の風を生じ、健訟の弊を来して、民心甚だ穏やかならず、是れ代官、手代の輩、些事《さじ》と雖も、一々之を受理し、為に小事も大事となる」

お前たちが常に村々を廻り事あらば初発の中に防ぐようにし、平穏に収めよ。ただ、下民を毒する者は下僚の輩だからと、厳しく言い渡した。

「常に其邪正を察し、善悪を糺《ただ》し、若し私曲邪慾の者あらば、容赦なく罷免すべし」と。

罰するばかりではならぬと取り組んだのが善行の表彰である。

治め方宜しき名主役人、父母に孝なる者、家内睦まじき者、格別農業出精の者、収納出精の者、人の難儀を救い施しをなす者、貧窮にて正直なるもの、女は貞実を守る者。

皆が目指すべき素晴らしいことだと賞与し、良き心がけが育つことを願ったからである。同時にこの日、正篤は各村の名主長及び総代一名ずつを館庭に集め、この年の年貢三十分の一を免除する旨を告げ、将来益々農業を励み、一村の和を計るよう諭した。

目安箱を城下の高札場に掲げ、忌憚《きたん》なく投書するよう布告もした。

また争訟の弊を根絶しようと、民間の名望家を選び、訴訟の和解に当たらせた。領内を五分し、一郷に一人をおき、「五郷取締」と称したが、これは数年の後中止となった。

取り締まりたちは、「其任に在ること日久しくして、意満ち心驕り、原被両告より貨財を貪《むさぼ》る」ようになったからである。名望家にしてこの有り様だ。人の心は頼み難い。決まりで縛らねばならないとしたら情けない話だ。思いもしない結果に、正睦は人の心を歪めるあれこれを思った。己は愚直なのか、幼稚なのか。昔正敦に聞いた生臭い話が一瞬頭をよぎった。

幕政に再び

一

安政二年（一八五五）十月二日のことである。茶を飲みながら色づいた庭の木々を眺めくつろいでいると、西村鼎《かなえ》が書類を手に跪いた。

「殿、わが藩の兵制改革も手順よく進み、何よりでございました」

先月半ばに行われた藩士の訓練を思い浮かべるように遠くを見た。ペリーが四隻の軍艦を率いてやって来た。その威力に押され、「和親条約」を結んだが、藩士たちの胸にも黒船の影が重くのしかかっているのであろう。洋式に武装した藩士たちの動きはいつになく真剣だった。西村は顔を綻《ほころ》ばせ、楽しそうだ。佐野藩でも何かよいことがあったのだろうか。

「そちたちの研究の賜物だ。それにしても書物で見るのと実際はやはり違うものだ。それでも西洋にくらべたら玩具みたいなものかもしれんな。そちは佐野へ行ったり此方に務めたり、なかなか大変だな」

ねぎらうと、滅相もないというように手を振った。西村は三年前から支藩佐野藩の側用人として仕え、先代藩主堀田正敦が佐倉藩を支えてくれたように、病弱の藩主正脩の佐野藩政を見ていた。鼎の父西村平三郎も正敦に乞われ信頼されて佐野藩と佐倉藩を行き来していたが、佐倉藩も大事な時期、佐野が落ち着いたら若い活力を佐倉に注いで貰わねば。正篤がそんな思いでねぎらうと、

「それにしてもペリー以来異国に気を許すことは出来ない時代となりました。佐野も国書への意見書を出しましたが、殿の開国建言は時代を切り開く素晴らしいものでございました。その先にこの度の洋式兵制があろうかとそれがし始め若い者は皆次は何かと胸躍らせております」

西村は書棚の「歩騎砲三兵戦術書」二十七巻に目をやった。

「それがな、野蛮な異国人は追い払え、とか神聖な我が国が穢《けが》れるとか、諸侯の意見は殆んどが開国拒否よな。阿部伊勢守殿はアメリカ大統領国書の和解を諸侯に示し、『心底相残らず申し聞かさるべく候』と、諸侯の容喙を許さず幕府専決だった天下のまつりごとに意見を述べさせたのだが。戦になれば到底叶わぬと知らず、威勢の良いことばかり言うのだ」

ペリーが浦賀沖に現れたのが二年前の嘉永六年（一八五三）六月三日、老中、三奉行、海防係の評議の結果国書受け取りが決まると、七月一日、首席老中阿部正弘は「幕府家門及び国持外様譜代詰衆奏者番各衆」に米国大統領の国書和解を示し、「忌諱《きい》に触るるをも憚らず」「存意《ぞんい》の申し聞かさるべく候」と申し渡した。正弘は更に一般の市民にまで公表、自由に意見を述べよと布告した。正に前代未聞のなされ方である。

正篤は、藩医となり政治顧問ともなっていた佐藤泰然の進言をもとに、開国を建言した。彌一兵衛が見込んだだけに泰然の進言は核心を衝いていた。

「彼に堅牢の軍艦之有り、我が用船は短小軟弱、これ彼に及ばざるの一なり、彼は大砲に精しく、我は器械整はず、これ彼に及ばざるの二なり、彼が兵士は強壮にして、戦場を歴たり、我は治平に習ひ、自ら武備薄し、これ彼に及ばざるの三なり、右の三にては勝算之無く候間、先ず交易御聞届、十年も相立、深く国益に相成らず候はば、其節御断、夫迄に武備厳重致度候、夫共国益に候はば、其儘然可と存奉候」

戦をしては勝ち目がないから開国するのだ。そして異国に太刀打ち出来るよう武備を整えるのは勿論だが、開国し通商により国力を増進しなければならぬ、そしてもし国益に適うならそのまま続ければ良いではないか、正篤はそこまで言い切った積もりだったが、どこまで受け止めて貰えたか、伊勢守始め幕閣の腹の底はわからなかった。

「阿部伊勢守様はあれからずいぶん改革をなさいました。開国に異を唱える方ばかりの中、オランダより軍艦を購入したり、大船建造の禁を解いたり、砲台を品川台場に築かせたり」

西村はこの一年を振り返るように正篤に言いかけた。秋の夜長、まだ語り合いたかったが、西村がお疲れになってはと引き揚げたので、正篤は一人庭を眺めた。昨日まで草むらから賑やかに聞えていた虫の声が聞えない。あたりがいつもよりしんとして、声をあげると遠く迄響くような気がした。

床についたのは四つ（午後十時）近かった。うとうとっとした時、いきなりドーンと体が持ち上げられた。地震だ。跳ね起きたが、ゴーという地鳴りと共に大きな横揺れが始まり、立っていられない。女たちの悲鳴が遠くに聞える。揺れる柱につかまるが動けない。殿、大丈夫ですか。西村が、安田が、斧太郎が駆けつけ控えている。

「揺れが収まったら外に逃げるのだ。火の元を忘れるな。伊久は、鴻之丞は」

「お二人ともご無事でございます。こちらにお連れしました」

伊久の顔は青ざめているが、五歳の鴻之丞の手をしっかりと握りしめている。その間にも大きな揺れが繰り返し襲ってくる。庭に出ると次の揺れで屋根の瓦が落ちてきた。よける暇もない。痛いと思った時には額から血が滲み出てきた。

「誰ぞ薬と包帯を持て、殿がお怪我なされたぞ」

「大事無い。わしとしたことが、よけそこなったわ」

跳ね上がる池の水で額を洗っていると、折りよく佐倉から出てきていた佐藤泰然がもう一度傷口を洗い包帯をしてくれた。燭台からの火が燃え移ったところもあったが、火は抑えられたようだ。報告が次々と来る。母屋は何とか持っているようだが、家臣たちの住まいは倒れたり傾いたり、火を発したりと大変な様子だ。

「火除けの護持院原で収まるのを待て。少し静まったらここは危ない。下屋敷に難を避けるのだ。伊久、鴻之丞を頼んだぞ。佐治、警護の者を連れて二人を頼むぞ」

「殿は如何なさるので」

「上様が心配じゃ。これからお見舞いに参上する。火事装束をこれへ」

江戸城に向かうと、石垣が幾つも落ちているのが目についた。これはと急いで大手御門を入り、下城橋で馬を下り、御玄関まで行くと、これから先は入れぬと止められた。

「堀田備中守である。上様がご心配で参上仕った。そこを通らせていただきたい」

大声で叫ぶと、警護の者が顔を出した。

「備中殿でございますか、ご苦労様にございます。上様始め将軍家の皆様方はつつがなく皆様ご無事でございます。お見舞いいただいた旨は上様に言上致しますので一先ずここでお引取りください。備中殿も御身お大切になされませ。ご家中の皆様もお大切に」

火の手が夜空に幾つも見える。人が走り荷車が右に左に行き交う。縫うようにして桜田門から護持院原に近付くと、

「殿ー、どうなさいました。その額の傷は。大事ございませんか」

大声をあげ馬上を見上げる者がいる。佩刀係の浦岡だ。縦木瓜《たてもっこう》の紋所が目印になって探し当てたのだ。包みを差し出している。

「下屋敷は如何致した。わしのようにうっかりして怪我などしていないか」

「謙映院様、於多可様、満利姫様始め皆様ご無事でございます。海が近い築地鉄砲洲の中屋敷にも、海辺新田の下屋敷にも、謙映院様が人をやって安全な広尾台に呼び寄せておりますから、ご安心ください」

やはりこの道だった。ほっとしたようにつぶやいた浦岡は、護持院が原の隅に場所を見つけると包みを開いた。握り飯と香の物がぎっしり詰まっている。謙映院が急ぎ御飯を炊かせ握らせた物だという。上屋敷から集まった者も加わり、無事の報せにほっとしながら正篤が食べ終わると香の物もきれいに無くなっていた。ご飯がこんなに美味しいものだとは思わなかった。疲れが一気に吹き飛び、皆の顔を見るとようやく人心地がついた落ち着きが見られる。ゴーという地響きにも余震にも少し余裕

を持って対処することが出来た。

堀田坂を鹿毛で駆け上り下屋敷に着くと、各屋敷の者たちも顔をそろえ、無事を喜びあった。地盤の弱い上屋敷や中屋敷は揺れがひどく、母屋は何とか持ったものの、火が出たり屋根瓦が落ちたり、下敷きになった者も大勢おり、大変だったようだ。下屋敷を守り、寝ずに指図していたというしっかり者の謙映院が有難く、皆の顔を見て喜びと感謝の気持ちでいっぱいになった。

「謙映院様のお陰で皆助けられました。海辺新田の母上たちも、璋之助たち八丁堀の中屋敷の者たちまで迎えを出し面倒を見てくださったお陰でございます。こんな嬉しいことはありません」

ねぎらいの言葉をかけ、休むように言うと、張り詰めた気持ちがほぐれたのか、手燭の灯に照らされた謙映院の疲れ黒ずんだ顔が笑顔にゆがみ涙があふれていた。

空が明るんできた。庭の向こうに朝日が顔を出した。いつもに変わらぬ日の出である。しかし、大自然の怒りに小さな己を改めてみた思いの正篤は、小ざかしい人間の知恵の力の及ばない大きな力の存在を改めて感じた。所詮我等はこの地球という限られた世界しか知らないくせに我が物顔に振舞ったりしているから、懲らしめのために地震等で思い上がるなと警告を発しているのかもしれない。大いなるものに思いを致し、謙虚に生きねばならぬ。ただちっぽけでも平凡でも精一杯生きること、己に恥じぬよう、世のため人のために出来ることを精一杯やるのだ。それが生きること、生を受けた証なのだ。大自然は四季折々に心を慰め活力を与えてくれる。しかし我儘が行過ぎると、容赦なく罰を与える。何気ない日常のあれこれが輝きを持って思い出され、しっかりと生きてゆこうと思った。

二

仮眠から目覚めると、一刻（二時間）ほど前に幕府からの使いがあり、正篤の様子を聞いて帰ったという。何事かと思っていると、九つ（正午）に老中からの使いが来た。包帯をしては失礼だからと、江戸家老渋井平左衛門に迎えさせると、月番老中久世大和守からの登城せよという御用状である。正篤が見ると、閣老連署の召命である。正篤は包帯姿で上様の前に出座するのは失礼に当たると、傷が治るまでの御猶予を願い、お引取り願った。

それにしても何のお召しなのか。

「上様お見舞いに参上したから、何かよき仰せがあるのではないでしょうか」

西村が期待を込めた叫びをあげた。

「いや、そんなことでいちいちご褒美などと仰せになるはずはない」

渋井は冷静である。脇に控え、皆の声を黙って聞いていた謙映院が、つと正篤を見た。「思うに震災のお手伝い普請の仰せではないでしょうか。お見舞いに参上したので殿を思い出され、佐倉は江戸に近かった、忠義の正篤に命じようとな」

「それは一番考えられることですが、えらく物入りになりそうで」

渋井が頭をかかえた。一瞬しんとした中に、謙映院の声が明るく響いた。

「震災で困っている江戸の庶民を救うことは、佐倉藩にとっても殿にとっても相応しいお仕事かと存じます。みんなのために喜んでお引き受け致しましょう」

この一言で、ようやく落ち着いてその日を迎えることが出来た。

包帯が取れた九日、指定の四つ（午前十時）に間に合うよう登城すると、御用部屋に通され、

「上様よりお言葉がある。常殿に参上するように」との申し渡しがあった。

首席老中阿部伊勢守正弘に促され共に将軍家定の前に跪くと、明日より老中として出仕するようにとの思いもかけないご下命だった。

「内に大地震、外に異国船。先行きが難しい時代となった。備中は領国もよく治め、オランダを通じ異国にも明るいと伊勢に聞いておる。そちの力が必要だ。励め」

恐れ多いお言葉に平伏していると、

「よいか、そちが勝手掛だ。委細は阿部伊勢守と申し合わせよ」

高い調子の良い声が聞えた。お手伝い普請を覚悟していたのに老中とは思いがけないご沙汰である。それも勝手掛、老中の首座である。何でこの時期にこのわしが。驚くばかりの仰せであり体中が熱くなる。内外の課題を思い責任の重さを思うと足が震えた。

御用部屋に戻ると、阿部伊勢守が笑顔で上座を勧めた。とんでもないと固辞し、伊勢守に譲ろうとすると、そのままと押し止めた。

「上様にお許しを頂き、備中殿を迎えることが出来、誠に嬉しい。先に御老中でいらっしゃったし、見事な藩政の腕を示された備中殿が首座になられるのが当然でござる。考えてみれば、我等家光公に殉じたご先祖、堀田正盛様に我らが祖阿部重次様を持つ者同士というのも何かのご縁でござろう」

「確かにそうした深いご縁があるに違いはないが、これまでの国難ともいうべき事態を鮮やかに切り抜けられた伊勢殿こそ、上様のお覚えも目出度いお方でいらっしゃるし。とてもそれがしの及ぶところにはござらん」

譲り合った二人は、お互いに顔を見合わせ、笑い出した。

「お頼み申す。実の所水戸の前中納言殿に迫られ松平和泉守乗全《のりやす》殿、松平伊賀守忠固《ただかた》殿を辞めさせたが、処理出来ぬ案件が溜まってしまって大変なのだ。備中殿に懸案の処理でお力を頂きたい。地震の復興が緊急の課題となってしまったが、ペリーが突きつけていった外国との交易という課題もある。わしも手伝うが、先ずは勝手掛として内政に腕を振るわれよ。そちらの処理が進めば、外向きのことに向かう余裕も出てこよう」

「承知仕った。和親条約で示された開国のご方針は変わりありませんな」

正篤が問いただすと、

「その舵取りがなかなか難しいところでな。昨年正月ペリーが江戸湾に軍艦七隻で押しかけてきた時は備中殿の建言にもあるように、武力ではとても勝ち目はないと思ったな。ところが御三家の意向を振りかざす御仁が威勢のいいことをおっしゃったように、諸侯には異人嫌いが多くてな。わしの手の届かぬ溜りの間で相手にしなかったのであの御仁も何も出来ず助かった。備中殿が武力では敵わんと普段からお話になっていたからで有難いことでござった」

あの日の事か、正篤はペリー再来航の嘉永七年一月の二十八日を思い出した。

にわかに登城した徳川斉昭は、溜間詰の諸侯を集め、各々方のご意見は承知しておる。ついては協議の上、上申書を出そうではないか。兎に角「武威を示すべし」。溜間詰諸侯にわしも加われば御老中もお考えになるだろうと説いた。しかし部屋の中には斉昭の激した声が響くだけである。名指されて井伊掃部頭が口を切った。

「水戸藩では早くより異国に対する備えを整えておられるから出来ようが、わが藩では打ち払いなどとても出来る話ではござらん」

正篤は黙っていたが、外の諸侯もうつむいているばかりである。

「何と情けない。のう各々方、徳川温故の溜間詰の意地を見せようではないか」

溜間詰の協議はしかし、戦をしても勝ち目はないと、斉昭に同ずる者はなかった。腰抜けどもが、斉昭のつぶやきがよく聞えた。正篤の前に来ると一瞬立ち止まった斉昭はじろりと一瞥をくれると、憮然とした様で足音高く去っていった。「蘭癖めが」小さな呟きが正篤の耳に残った。

かくて嘉永七年（一八五四）三月三日、日米和親条約が締結され、通商は断ったものの薪水の供給はこれを認め、下田・箱館の二港を開港した。

交渉の始まる前の二月一日、斉昭の振舞いに懸念を抱いた老中松平忠固は、首席の林大学守に「閣中の内意」として勘定奉行松平近直を通じこう伝えさせたという。

「応接の事一々旨を老中に請うなかれ、若し之を老中に請わば、老中又之を海防参与の前中納言（徳川斉昭）に計らざるを得ず。然るときは平和の談判に付加なるものあらん。卿等宜しく相議して先決事に従うべし。若し後日責を蒙ることあらば老中之に任ぜん」と。

近直の動きを見て林を呼びつけた斉昭に、林ははっきりとこう断ったという。

「戦になり敗れでもしたら、条件は今よりさらに悪い物になり申す」と。

三

考えてみれば、先年マンハッタン号の漁民を浦賀で受け取った時に鎖国は事実上終わっていたのだ。人道上の見地からと申し立て許可を得て実行した伊勢守も凄いが、許した将軍家慶も立派なものだ。その家慶公はアメリカ大統領の国書を受け取りぺりーが去った後の六月二十二日に薨去、家定公が後を継いだ。

翌嘉永七年ペリーが再来航、反対の多い中を和親条約締結に踏み切った伊勢守は、四月十日に辞意を洩らしている。責任を取ってというのだが、家定公が動いた。

「阿部が唯今引き候てはおれが困るから、よくよく其の趣を申し聞かせ、不快にても押して早々に出勤致し候よう」

この家定公の言葉に力を得て伊勢守はその座に止まった。改めて将軍の信任を確かめられたわけである。

——自分より九つも若いのに思い切ったことをなさる。殆んどが反対の開国に向けた舵取りを、伊勢殿はどうなさるお積もりなのか。自分も自分なりに力をふりしぼり世界の中で我が国が生き抜く道を探らねばならない。断じて清国や印度の轍を踏んではならない。そのためにも伊勢守殿と力を合わせなければ——

しかし、ペリーの来航はその一年前のオランダ別段風説で伝えられていた。自分はそれに備え早く手を打つべきだったかもしれない。溜りの間の備中殿はご覧になっているかもしれないが。伊勢守は書類を指し示した。

「アメリカ合衆国政府が、日本に向けて同国との貿易関係を結ぶために派遣する積もりでいる一遠征隊について。――大統領の日本皇帝宛の書簡一通を携え、一使節が派遣される。派遣される軍艦はサスケハナ号、遠征する指揮官は准将オーリックからペリーに代わった。使節の目的は、日本の港の内二、三カ所をアメリカ人との交易場として開かせること。そして、石炭の供給場所を設けること」とあった。

和蘭からはまた、英吉利提督ポーリングなる者が五十隻の軍艦を率いて互市（貿易）を求め来日との報せもあったが、中国情勢不穏で来なかったという。

自分が通商貿易の可否を海防係や目付に諮問したのも、こうした切迫した事情があったからなのだ。伊勢守は一人悩んでいた懸案に相談出来る相手が出来たとばかり多弁だった。

「わしはいずれは交易互市の利益を以って富国強兵を目指さなければなるまいと考えておる。しかし、ペリー来航の折の諮問に開国止むを得ずとの意見を持っていたのは、幕閣ではわしの外は筒井政憲しかおらん。わしが手を出せない溜りの間詰の備中殿の建言は誠にありがたかったが、あの折に必勝を期して拒絶すべきだったのだ、と後悔を口にする者が多くてな」

そう言うと、正弘は口調を改めた。

「先々の事はともかく、只今はしかし地震でござる。昨年来各地で大地震が続いておる。この度はお膝元の江戸が大きな被害にあった。火事にも地震にもめげず立ち上がる民の底力にはいつも感心させられるが、こんな時こそ政を預かる我等の出番じゃ」

自分はお手伝い普請どころか、災害復旧を命じる立場になったのだ。正篤は老中のご下命にいつまでも驚いたり感慨に耽っているわけにはいかないと覚悟を決めた。

「人の不幸で一儲けをたくらむ奴がおりますからな。法外な値がつかぬよう、触れを出さねばなりませんし、無法がまかり通らぬよう取り締まりも必要でござろう。この度は町方では深川や浅草など地盤の弱い下町が地震でやられ、火災でその被害が大きくなりました。大名屋敷も埋立地が多く、わが佐倉藩も多くの死者を出しましたが、会津藩、忍《おし》藩などもかなりの死者が出たようです。水戸藩ではかの藤田東湖《ふじたとうこ》が圧死したそうで、まっこと天は人を選んだりはしてくれませんな。それはともかく、屋敷の修復等の費用にと各藩からお借入の申し出でが如何程になりましょうか。懐も苦しいでしょうが、こんな時頼り甲斐がなければ天下の徳川様と威張ってもおられないでしょうし」

正篤は地震への対応に当たる傍ら二人の老中罷免で滞っていた稟議《りんぎ》の山を片づけていった。先の老中の経験がものを言った。備中殿のお陰でようやく懸案が片付いたと喜ばれ、登用してくれた恩義に少しは応えられたかと、ほっとした。

正篤殿がいてくれるから、懸案中の難題に取り組めると、正弘は「日米和親条約」に「日英」「日露」「日蘭」をあわせた外国との条約を朝廷に報告する作業にとりかかった。

「恐れ多いことだと案じておりましたが、誠に喜ばしい結果となり申した。和親条約はこれで万全となりました。備中殿、感謝いたしますぞ」

「ご叡覧が叶いましたのですか」

「関白殿には異国と隔てるお心もなく、当たり前のことを言うてきておるとお納めになり、直ちに主上に奏聞、条約書を叡覧に供したとのこと。主上は条約書を直ちにご嘉納になり、この度の幕府の処置について満足の意を表されたそうだ」

十二月二十七日、関白より伝奏を経て、待望の勅旨が正式に伝えられた。

「露西亜、英吉利、亜米利加、和蘭の条約書を叡覧に供したるに、幕府従来の処置振殊に叡感《えいかん》（天子が感嘆なさること）あらせられ、宸襟《しんきん》（天子の心）を安んじたもう。老中の苦心主職の尽力、深く宸察あらせらる」

押し戴《いただ》き感激の思いにあふれた面持ちで、正弘は、

「老中の苦心、主職の尽力とな」

ふっと息をついた。目に涙が浮かんでいるようだった。

二十八日、登城日に御用部屋に出仕した正篤は、老中としての敬意を籠めて挨拶する諸侯、特に溜間詰めの諸侯と顔を合わせた時、水野忠邦のやり口に反発し職を辞し、藩政に心を向けた佐倉の日々を思い出した。「足元を固めることだ」と諭してくれた佐野藩の堀田正敦の温顔を懐かしく思い出した。「思いがけない出番が有りますよ」と悪戯《いたずら》っぽく笑った渡邊彌一兵衛の身を粉にした忠勤の日々までが思い出された。

今年は自分にとって晴天の霹靂《へきれき》(急に生じた大事件)の年となった。地震も天から下された試練だったが、自分にも試練の矢が下された。この度は是非とも之をやりとげねばならぬ。

四

年が明け安政三年（一八五六）正月となった。震災の後始末も進み、まだ中屋敷、下屋敷の修理は済んでいないものの、表となる上屋敷が何とかお客を迎えてもよい体裁が整ったこともあり、家臣たちの声に応え正篤は、老中就任の内祝いを主だった家臣と奥向きの家族とで行った。

「大震災で苦しんでいる者も多い。余震に怯《おび》える者もいる。先頭に立つ我等が控え目にしなくてどうする」

正篤は焼け野原となった本所深川に立った時のくすぶったにおいの残る柱や梁、新吉原の遊女たちのすすに汚れ茫然としている姿を思い浮かべた。まだ傷はいえてはいまい。

「我が藩でも大切な人や物を失い、藩からお手当てが下されたとはいえ未だに気持ちの整理がつけられない者もおります。しかし、いつまでも嘆いてるわけには参りません。この度の殿の老中ご就任は我等にとっても晴れがましく前に向かって歩き出す力となります。お祝いの式をけじめとして皆の気持ちはひとつになり、後悔や嘆きの代わりに難関に立ち向かう殿の支えとなるべく新たな力を奮い立たせることが出来ましょう」

佐治が白髪頭を畳にすりつけた。その通りと頷いた謙映院が後を続けた。

「前途多難と殿はおっしゃられるのでしょうが、この数年間続いた地震も、十月の江戸大地震で一休みでしょう。働きづくめでしたから、佐治の言うように皆で顔を合わせ語り合うだけで心が落ち着きましょう。芳妙院様も七十近いお年には見えないくらいお元気でいらっしゃいます。日々流れていく小さな出来事の中にも慰めはございますが、こうした公の喜びごとは格別でございます。お正月と共にささやかに寿ごうではありませんか。伊久殿もつな殿も、女子供たちも殿とのひと時が何物にも代え難い大切な思い出になりましょう」

先に老中を解任された松平忠固《ただかた》の西の丸下の屋敷が召し上げられ、新老中の正篤がそれを賜り上屋敷としていた佐倉藩だったが、広さにも使い勝手にも慣れてきたこともあり、大広間に集まると、皆改めていつくしむように部屋の調度や庭の木々を眺め、正篤を恭しく仰ぎ見ている。

「わしは総州佐倉の一藩主であることに変わりはないぞ。それよりもこの際皆に言うておかねばならぬことがある。くれぐれも老中首座になった、偉くなったなどと勘違いしてもらっては困る。それどころかひとつ間違えれば佐倉藩ばかりでなくこの日本の国を危うくしてしまう難しい舵取りを仰せつかったということなのだ。有り難くないおまけまでついておるぞ。皆も存じておることだが、幕府のお役につくということは、物入りになるということだ。役目柄必要なことで我が藩の費《つい》えとなるものが藩財政を苦しめたことは、奏者番、寺社奉行、そして先の老中と経験してきた皆にもわかっておるであろう。この度は再び老中の大役を仰せつかった。時代は内外共に厳しい。どのような事態になるか、予想もつかぬ。しかも仰せつかったのは老中首座である。及ばずながらこの正篤、身命をなげうって世のため人の為に働く所存である。天災はいわば神のなせる業、いつ起こるかわからぬし人の力の及ぶ所ではない。日頃の備えと行き届いた後始末が大切だ。しかし、人の運命をも左右し、命や貨財にまで力を及ぼすのは政である。くれぐれも人災と言われぬよう心したいと願っておる。よいか、何事も天下万民が幸せとなるよう、我等は将軍家を幕府を支えてゆかねばならぬ。三百年もの長きにわたって戦のない平和な世が続いたのは徳川様のお陰じゃ。上に立つ身となった我が藩が先になって犠牲になる覚悟でなくて誰がついてこよう。我等が天下の犠牲にならねばならぬ場に立ち向かう折もあるやもしれん。そうした耐えねばならぬ苦難をも覚悟し、済まぬ、その折にはこのわしを支えてくれ」

正篤は自らに言い聞かせるよう思いを口にした。家臣たちはこみ上げてくるものを抑え、体を震わせていた。わかってくれているのだな。正篤の胸に熱いものがこみ上げてきた。女たちも頷いているのがわかった。ずっと仕えてくれた斧太郎までもが七十になろうか曲がった腰をしゃんとし、母芳妙院と顔を見合わせ、大きく首を振った。

「殿の開国建言を、異国に敵わないからかの国の要求に従えという臆病宣言だと言うお方があったように伺いました。かの国は戦をするぞと力で脅し、言うことを聞けというような態度で参っております。その力に屈せず、立場を同じくして話し合いで国を開くのはしかし難しいことでございますなあ。国を閉じていたからこそ出来た太平の世を、世界という荒波の中に漕ぎ出してどう守ったものでしょうか。異国船は打ち払えとか、夷《えびす》どもに神聖な国土を踏ませてなるものかなどと威勢のいいことをおっしゃる方が大勢いらっしゃるというのに」

佐治は心配そうに正篤を見上げた。酒も料理も藩の決まりに従い追加されなかったので、風が冷たくなる日暮れ前に宴は終わったが、正篤は皆の顔を見、自らの考えを述べたことで、新たな覚悟が定まった。皆の言うように集まってもらってよかったと思った。

佐倉藩が震災の被害を全て取戻し、平常の業務に戻ったのは、亡くなった者を迎え供養したお盆を過ぎてからだった。

五

安政三年七月二十日に異国船が入港、ハリスなる者が総領事として来任したからと応接を求めてきたという。領事の話など聞いておらんと言うと、下田条約に基づくと文書を差し出す。「此条約調印の日より十八カ月経過の後は、何時なりとも合衆国政府は、下田駐劄《ちゅうさつ》（滞在）の領事又は事務員を任命するを得べし」とある。日本語訳が間違っていたのだ。

それではと探させた宿舎は「玉泉寺」に決まったという。正篤は異国との交渉が出来る者を下田に置かねばならぬと思った。阿部伊勢守に相談し、在府〈江戸駐在の〉下田奉行井上信濃守《しなののかみ》清直を現地に派遣することとした。

五十人もの供揃いでハリスを驚かせた井上は、八月一日下田に着任した。通訳のヒュースケンとわずかの使用人との身軽な陣容で臨《のぞ》んでいたハリスは、何と大仰なと思ったかもしれない。しかし、従五位下、幕府高官の信濃守であれば格式を重んじなければならない。

日曜日の九日、ハリスは初めて亜米利加総領事旗を玉泉寺に掲げた。先に安政元年（一八五四）、日米和親条約が成った後の七月九日、阿部伊勢守は、大小目付けに書付を渡し、日の丸を日本の旗印と決め、「大船建造に付いては、異国船に紛れざる様、日本総船印は白地日の丸幟相用い候様」にと指示している。正弘は戦国武将も好み、武田・伊達などが旗指物にも使ったという日の丸を日本の国旗と定めたのである。

ハリスが旗を掲げる前に旗印が決まっていてよかった。青空に潮風を受けてはためく総領事旗を眺め、井上は改めて阿部の打つ手の確かさを感じたという。安政二年にはオランダ人ファビュスが「国旗に対し敬意を払うのが世界の海に生きる男たちの常識となっている。なければ得体が知れず、海賊船と間違われても致し方ありませんぞ」と幕府に忠告してきた。その後「日の丸」が定められていると知って痛く驚き、幕府の見識の高さを賞賛したという。伊勢殿は先を見る目があるだけでなく、思い切って決断し実行する。自分がとかく迷って「ごもっとも様」などと綽名されるのとは大違いだ。しかし、何事も一人では出来ん。異国との交易の道も、賛成し推し進める有能な官吏が必要だ。伊勢殿はその人材も見出し動ける地位にまで引き揚げておる。

そうだ。老中筆頭阿部伊勢守は、自分を老中に推挙しただけでなく、勘定奉行に松平近直、川路聖謨《かわじとしあきら》、目付に岩瀬忠震《いわせただなり》、大久保忠寛と、海外に目を向けた面々を登用している。みな身分の低いところから抜擢《ばってき》した者たちである。組織でも抜かりがない。安政三年のこの年二月には大地震で焼失した洋学所を「蕃書調所」と改め、洋書の収集翻訳と洋学の教授の場を設けた。九段下のこの調べ書には諸藩から人材を集め、洋学の拠点となった。お台場を建設、銃砲を鋳造し、「講武所」を四月に開講、旗本やお目見え以下の部屋住を対象に砲術・兵学・剣術などを学ばせたのも正弘である。

井上も伊勢守が見出した男だ。父親は豊後日田から江戸に出て御家人となった。持弓組与力井上新右衛門の養子となり評定所等の下役を務め、下田奉行にまで登りつめ従五位下の諸大夫に任じられた。名乗りも許され信濃守と称する身分となったのである。佐渡奉行から外国奉行となった川路聖謨は実兄で、二人揃って最低の身分から大目付や町奉行、遠国奉行《おんごくぶぎょう》の詰める芙蓉の間詰の上級官吏となったのである。伊勢守殿はこうした異例の人事により、自らの仕事を徹底出来るよう手を打っているのだ。これは自分には出来ない。有難いことにその人たちを使うことが出来る。自分も厄介者の部屋住みからここまで来た身だ。恵まれた者より人の痛みをわかってやれるかもしれない。

六

正篤が老中の仕事に専念し一年経ちようやく慣れてきた安政三年十月、伊勢守は薩摩の島津斉彬《なりあきら》の養女敬子《すみこ》を将軍家定の三人目の正室に迎える手はずを整えていた。「将軍になって何一つ良いことがなかった」と嘆かれたという十二代家慶《いえよし》公の二の舞をさせまいというのか、庶民に近い奥方のお輿入れである。新ご正室は篤子姫《あつこひめ》となられた。ご正室の一字を名乗るのは恐れ多い。十月一日届け出て、正篤《まさひろ》は名を正睦《まさよし》と改めた。

老中首座とはいえ依然として決定は阿部正弘が行っていたが、九月のハリスの江戸出府要請を「異人を江戸に延見《えんけん》（呼び寄せて面会すること）するは我が国情許さず」と断った後、正睦を呼んだ。

「交易を求める国はますます多くなり我が国に迫るであろう。もはや片手間に異国と差し向かう訳には参らん。今この時に外交専任の閣老を置き、慎重かつ大胆に諸外国に対さねばなるまい。ついては備中殿にその舵取りをお願いしたいが、よろしゅうござるな」

正睦は心密かに望んでいた外交の場にいよいよ臨めるのかと胸躍らせながら答えた。

「何分にも先の中納言水戸斉昭殿始め、溜間、帝鑑の間など幕府を支える家門譜代諸公に異人嫌いが多く、先行きが懸念されます。つきましては上様の名を以って、異国との交易の止むを得ざる次第を仰せいただくことが肝要かと存じます」

正睦は「異国との交易」を「貿易」との言葉に代え、その貿易をお許しになるとのお言葉を入れていただきたい。将軍家よりの文書に認《したた》められると、動かしがたい事柄のように思えてくるものである。そうしたお言葉が凝り固まった攘夷などの思いを考え直す思考のねじとなって心に沈んでくるであろう。と日頃の思いを口にした。

「上様に申し上げておこう」伊勢守は重荷を下ろしたといった明るい顔でお目通りの場に向かっていった。

十月十七日、将軍家定よりお召しがあった。共にと召された伊勢守と平伏すると、

「近来外国の事情も之有、此上貿易の儀、御差許相成儀《おさしゆるしあいなるぎ》も之あるべきに付、外国御用取扱仰付けられ候、――右に付ては当分の内、月番は相勤候に及ばず候間、海防月番は一手に引請、御勝手月番の儀は、是迄の通相務候様仰出され候」

正式の辞令である。正睦の進言が取り入れられ、貿易が許されるような仰せである。そして正睦は外国事務総裁になれということだ。普通の内政は外の老中に任せ、外交を専任で扱い、首座として財政も月番中は担当するのだ。畏まっていると、家定が癖で顔を右に振ると、小柄の体を縮めるようにして正睦を覗き込んだ。

「備中、そちは伊勢にも見込まれた外国通だ。父も信頼して老中に任じたと聞いておる。溜間詰めも

意見言上が出来るようにという先代の計らいだろう。異国のことはそちに任せれば安心だと思っておる。くれぐれも戦になどならぬよう舵取りを頼むぞ」

思いがけない家定の行動と言葉に、正睦は将軍が立ち去った後もしばらく立ち上がれなかった。涙がこみ上げてくるのを押さえ切れなかった。いまだ議論百出の中、自分の考えが公となるのだからその心積もりをしろと言ってくれているのだ。有り難いことだ。

正睦は正弘と相談して選んだ十名を召し、実務を担当する外国貿易取締御用の辞令を交付した。二十日のことである。

「近来外国の事情も之有、此上貿易の儀、御差許相成可《おんさしゆるしあいなるべき》儀《ぎ》も有可候《あるべくそうろう》に付、右取調べ御用仰付けられ候」

大目付土岐頼旨、跡部良弼《よしすけ》、勘定奉行松平近直、同川路聖謨、同水野忠徳《ただのり》、目付岩瀬忠震《ただなり》、同大久保忠寛《ただひろ》、勘定奉行吟味役塚越藤助、同中村時万《ときかず》等何れも幕府有司中最も能力卓越した老練から若手の面々である。彼等は貿易開始に当たり、具体的に何をすべきか、その政策の立案、実行をする役目であり、正睦がその最高責任者として貿易に至る条約の締結に向けた取り組みの大任を任された訳である。

年明けの安政四年（一八五七）一月十六日に、正睦は自らの考えを盛り込んだ布告を発した。これがわしの外国事務取り扱い総裁としての出発点だ。その決意も含んでいる。

「下田表滞在の亜米利加官吏より、老中へ面会之儀、書簡を以て申立候趣意は、一先下田奉行にて引請取扱候様相達、書簡差遣候《さしつかわしそうろう》儀《ぎ》には候得共、此上申立之次第に依候《よりそうらい》ては、当地え召呼ばれず候ては相なる間敷哉に付、右之手筈に凡そ取極候方然るべく、付ては官吏之儀は、身柄宜しき者之由に付、右取扱之儀は、是迄《これまで》和蘭加比丹《おらんだかぴたん》之振合にも相なるまじく候に付き、今般の礼節は勿論、取扱旅宿応接場、其外共万端手抜き無き様、廉々《かどかど》（それぞれの箇所）取調べ、品々勘弁し（考えわきまえること）申し聞けらるべく候事」

ハリスはまた例によって脅しも交え、上府を迫るであろう。アメリカは平和に話し合いでと言いながら、巨大な軍艦と大砲をちらつかせる。そしてポーリングがなどとイギリス等が清国を打ち破った軍艦を率いて押し寄せるぞと他国を引き合いに出し、負けて屈辱の条約を結びますか、と居直る。口惜しいが言う所はかの男の言う通りであろう。ゆくゆくは上府を認め、将軍への拝謁を認めざるを得まい。しかし、今は水戸斉昭初め諸大名の多くが頭から反対しておる。足元の貿易取り調べ方でさえ、勘定方は夷人が江戸に入るなどとんでもないと猛反対だ。夷人など切ってしまえという輩《やから》がどこから現れるかわからない。万全の警固をしても不測の事態が生じないという保証はない。そして何よりの障害は阿部伊勢守だ。斉昭と共に異国船打ち払い令の復活さえ頭にある御仁である。「夷《えびす》に将軍のお膝元の地を踏ませるな。汚らわしい」という。あんなに開明的と思われ、頭では外国との貿易まで認めた方が、感情では夷人を受け入れられないのだ。人の心を変えるというのは難しいものだ。正睦は先行きの困難を思い身震いした。

しかし自分は、伊勢守殿のやり口を頂いた。布告は、将軍家定公の許しを得ているのだ。

「戦にしてはならぬ。言葉の戦で我等の立場を貫くのだ。よいか、清国の轍を踏んではならんぞ。世界情勢に精しい備中なら出来よう。頼んだぞ」

伊勢殿ほどのご信頼は頂いていないかもしれないが、外国のことでは事情通と説明をよく聞いてくださる。有り難いことだ。正睦は更にお許しを得て、ハリスのみならず、外国人一般に対する見下した取り扱いを正すべしと、二月二十四日更に布告を出した。とりわけ中心に立つ海防係の意識を改めなければならぬとの思いが高じたからである。

長崎駐剳《ちゅうさつ》の和蘭領事からの書簡に報じられたように、アロー号事件で焼毀《しょうき》された広東の轍を踏まぬようと諭した後、更に続けた。

「既に寛永以来の御粗法を御変通遊ばされ、和親御取結びにも相成り候上は、御扱い方も改革之無くては相なる間敷く、兎角《とかく》瑣末の儀迄、事難しく差し拒み、近年外夷の怒りを醸《かも》し候は無算《むさん》（無謀）の至りにて萬々一砲声一響候えば、最早御取戻しも相成難く候間、外国人緩優の御取扱、且つ長崎、下田、箱館の三港は、諸事同様の取計振《とりはからいぶり》にも相成、文言の往復、応対の禮等、都《すべ》て外国人心服致し候様、真実に御処置之無く候いては相計わぬ時勢に之あり」

外国を見下した態度では怒りを醸《かも》し「砲声一響」の恐れがあるぞ。そして万一戦となれば、全く勝算は無いではないか。取り返しの付かない事態にならないよう心がけなければならぬ。外国人を心服させる態度で接しなければならぬ。そういう時節に来ているということをよく考えろと正睦は言いたかったのである。

「世界の情勢は近来形勢が一変し、和親を結ばざれば戦争をなし、戦争をなさざれば必ず和親を結ぶ。和親も無く戦争もなく、外交を絶って独立し、国運が盛んで平和を楽しみ候国は一国も無い」

考えてもみよ「世界万邦を皆敵に引受、いつまで東隅之一孤島に特立して、持ちこたえらるべきか」かえって国中無事の生民《せいみん》（たみ）を塗炭の苦しみに合わせる結果となってしまう。

「方今《ほうこん》（目下）第一の専務は、国力を養い、士気を振機せしめるの二字に止まるべく候」

「総じて強兵は、富国より生じ、富国の術は、貿易互市〈外国との貿易〉を以《もつて》第一となす故、即今乾坤《けんこん》（天地）一変の機会に乗じ、和親同盟を結び、広く万国に航し、貿易を通じ、彼が所長〈長所〉を採り、此《こちら》の不足を補い、国力を養い、武備を壮〈盛ん〉にし、漸々〈次第次第に〉彼等御威徳に服従いたし、終に世界万邦至治（よく治まる）の恩沢《おかげ》を蒙り、全地球中の大盟主と仰がれ候様の御処置こそ之あり度、——素より我国は天地剖判〈判別〉以来、皇統綿々、君臣上下の名分正敷《ただしく》、綱常《こうじょう》（人の守り行うべき道義）明かにして、小国といえども、土壌豊饒、人口他国に倍し、義勇決裂の性を備え候えば、一旦富国強兵の起訴相立候へば、行々《ゆくゆく》宇内《うだい》（天下）統一の御鴻業《こうぎょう》（大きな事業）も難からざる儀に付結局右の処に着眼いたし、唯今外国人御処置の次第は、即ち他日御国勢更張《こうちょう》（さかんにすること）の根本と相成候間、少しも後来御都合宜しき様いたし度と存ぜられ候事」

訓示は二千言に及んだ。しかしこの積極的な開国論には足元の海防掛の中でさえ慎重論が多い。

七

下田ではハリスの要求に従い、ペリーの神奈川条約の不備を補う「規定書」の協議が始まっていた。二月三日に下田奉行の建言を確認したハリスは、長崎の開港、両国貨幣の交換規定、下田箱館のアメリカ人居問題、コンシュルの外出問題等を持ち出してきた。相変わらず何かと言うと脅しをかけてくる。ハリスの常套手段と承知しており言葉の上だけと聞き流そうとしてはみるものの、黒船の姿が目に浮かび気分のよかろう筈がない。

正睦は昨安政三年十一月に下田で行われた「日露条約」の交換式を思い浮かべた。露国提督ポセットは、その折一隻の両檣船《りょうしょうせん》を贈呈していった。黒竜江造船所で新造したというこの二本帆柱の船はその精密な構造と華美な装飾で日本側を感嘆させた。安政元年十一月四日、条約交渉に下田を訪れた露艦ディアナ号が大津波に損傷し沈没した時に、幕府が帆船を造らせた好意に報いるものだという。

「プチャーチンこそ真の豪傑だ」幕府の全権として条約交渉に当たった外国奉行川路聖謨が心から敬意を持って正睦に話したのはその交換式の折のことである。

「ペリーは砲弾による威圧によって開港を迫ったが、プチャーチンは終始穏やかに紳士として振舞った。『あくまで平和的手段で』『直接の話し合いで』という皇帝の訓令が出ていたというが、それにしても立派な態度だった」

川路の話は十一月四日の安政東海地震に及んだ。

「大揺れの後、大津波が下田の町を一瞬にして壊滅させました。ロシアのディアナ号は木造の帆船、何十回も湾内を廻されたのです。ところが乗組員たちは、自分が生きるか死ぬかというこの時に、船の傍《そば》に流されてきた人に手を差し伸べて助けたのです。しかしおばあさん一人と男性二人の三人しか助けられなかった。もっと助けられたのに、差し伸べた手を断り、目の前で沈んでいきました。ロシア人はそう嘆いておりました。日本人は、異人と付き合うなと言われていたからです。助けられた者は泣いて拝んでおりましたな。津波が収まると船の医師たちを町にやり、手当に走り回っていました」

この船員たちの姿にも川路は胸を熱くしたと言う。

ディアナ号は大破し乗組員にも死傷者が出たので、交渉は中断。下田は英仏が立ち入りそうだと探し回った挙句、西伊豆の戸田《へた》に向かうことになったのです。当時はクリミア戦争中で、ロシアと交戦中の英仏に見つかると攻撃されるからです。ところが、伊豆半島を回り戸田村に向かう途中、ディアナ号は今度は大嵐に見舞われ難破、座礁してしまいました。田子の浦近くでようやく碇を下しましたが、浸水が激しく沈没しそうです。決死隊が大荒れの海にボートを漕ぎ出しました。ロープを陸まで運び船を岸に引張り上げようというのです。浜でこの様子を見ていた漁民たちは、荒れた海に入りずぶぬれになりながら船員たちを岸に引き揚げました。そんな中プチャーチンは最後まで一人船に止まっていました。そして全員が陸に上がったのを見届け、ロープにつかまり岸に向かいましたが、流されそうになり、漁民たちの助けでようやく岸に辿り着いたのです。

地震のため殆んどの家が壊れています。しかし駆けつけた村人たちは、食べ物や着る物を持ち寄り、住む所をつくってあげたのです。三千人の戸田村に、五百人のロシア人がやって来たのですから大騒ぎですな。幕府の役人は、ロシア人と付き合うなと命じましたが、村人たちはロシアの船員たちの面倒をみ、守り助け合ううち仲良くなっていったそうです。

プチャーチンは沈没した船に代わる船の建造を願い、幕府の許可を得て、三カ月で完成させました。ロシア人の指導の下、近隣から集められた日本の船大工が、今まで作ったことのない大きな船をつくったのです。翌安政二年三月十日に完成したこの信頼と友情の船に、プチャーチンは村の名前を取って「ヘダ号」と名づけてくれたのです。

「プチャーチンはこの時造った洋式帆船の設計図を置いていってくれました。軍艦ではありませんが、洋式の造船技術が手に入ったのです。指導を受けて技術を身につけた者も多数おりました。天災に見舞われた者同士と言うことはありましたでしょうが、人種が違ってもお互いに心は通じ合うものですなあ」

川路は懐かしそうに、あふれる思いを噛みしめているのであろう、じっと目を閉じた。千島と樺太の国境もこじれず話し合いで納得の形で収まりましたと。

「再開された条約交渉は安政元年十二月二十一日の調印となりました。激しい言い合いもありましたが、プチャーチンは終始冷静に日本側の主張に耳を傾けてくれました。大変な人物だと感じ入りました。結局「エトロフ島」はこちらの主張通り日本に属し、話し合いがつかなかった「カラフト」はロシア提案通り境界が決まるまでこれまで通り雑居となったのです」

そうか、ロシアのように真実十分な話し合いを心がけてくれる国もあるのだ。それにしても異人と日本人が心を通じ合ったとは誠によい話だ。理想はそうだが、ハリスは武力をちらつかせ、イギリスやフランスは清国や印度の土地と人民を我が物としている。清や印度のようになってはいかん。しかし和蘭の総領事も言ってきたように、戦となれば到底勝ち目はないということをわかってもらわねばならんが、夷人共に神聖なわが土地を踏ませるなどというやからが多すぎる。

八

ハリスとの下田での規定書の交渉は続いていた。正睦は今後の交渉の多難を思い、四月二十九日付けで丁度任期が来た岡田忠養《ただやす》を小普請奉行に転じ、勘定吟味役中村出羽守時萬《ときかず》を下田奉行に任じた。阿部伊勢守に相談したが顔色が悪く気力も衰えた様子で、それは良いと言ったが、疲れがなかなか抜けないようだ。「今後も備中殿が良いと思ったことは遠慮のうなさるが良い。なあにお主が筆頭老中でござるからな」と笑っていた。こうして続けられた交渉はようやくまとまり、安政四年閏五月五日、ハリスは大礼服、井上信濃守と中村出羽守は正服を着して「日米規程書」に記名調印し交換式が行われた。

この規定書により長崎がアメリカに開かれ、日米の貨幣に交換の一応の定めが出来、外交官は難船があるとき等切迫の場合でなければ七里以外に外出を控えることとなった。

五月に入ると、阿部伊勢守の容態が思わしくないようで、出仕しなくなった。疲れが治ればまた元気な姿を見せてくれると、正睦も外の老中もそう思っていた。御用部屋に上様が伴の者を置き去りにして突然出御されたのは、医師の報告に手立ても思いつかず、呆然として手近の規程書を改めて見直していたところだった。

「阿部はどうしたのだ」

慌てて跪く正睦に、家定は咎《とが》めるように問いかけてきた。

「御用繁多につきお疲れになったのではないかと存じておりましたが、思わしくないとのことで。医師を遣わしましたが、様子がよろしくないとか。もっと早くに気付くべきでした」

「そんなに悪いのか。今阿部にいかれてでもしたら余が困る。蘭方でも何でも構わん、きっと直すのだ。良いな」

「ははーっ」と平伏したものの、漢方一辺倒でようやく承知した蘭方医の見立てで、手の打ちようがないと、先程報告を受けたばかりである。

――あんなにもお元気だったのに。ただの疲れでお休みになれば元通りになるものと思い込んでいた。手の届かない異国もわからないことばかりだが、一番身近な自分の体の中も何が起っているのかわからないことだらけだ。奇跡が起ってくれと祈るしかない。何時の間にこんなになってしまったのだ――

一番身近にいて気がつかなかったとは家定公に対しても誠に申し訳ない。「外交は備中殿だ。頼むぞ」とじっと見つめていた貴公子然とした伊勢守の笑みが胸にしみる。開国に向け表に立って進めてくれた伊勢守がいなくなったら、打ち払えという声が勢いづくかもしれない、このまま進められるか心配だ。家定公は異例なことに何度も足を運んできては、伊勢守の着座場所に目をやっていた。

六月十八日、伊勢守は三十九歳の若さで還らぬ人となった。誰もが予想しない、誠に無念な結果である。しかし政は一刻も猶予は出来ない。自分が自分の責任で応じざるを得まい。

亡くなられたのは惜しんでも余りあるが、閣内での最大の障害がなくなったと受け止めるべきではないか。考えをもうひとつ思い切れず、「ごもっとも様」をきめこんでいたが、六月二十七日海防掛目付より出された答申は、正睦を勇気づけるものだった。

「恐れ乍ら神祖（徳川家康の尊称。神君）遠揉の御誠意在らせられ、慶長五年泉州に渡来仕り候阿蘭《おらん》陀人英吉利人《だじんいぎりすじん》の船、江戸表へ廻され御城に召され、九カ年の慰留をも御許容もこれ有り」権現様はウイリアム・アダムスらを江戸城にお召出しになられている。「亜国官吏御許容御座候上、尚寛永以来の御処置（鎖国令）を愛恋執着仕り候はば首尾整わず。今更鎖国の法には戻られ難く存じ奉り候間、国初めの御旧例に依らせられ、異邦の御処置首尾全く御変革遊ばされ、其段海内へ御演達これ有り、公平に隣国和親の礼を以って、亜国官吏速やかに江戸表へ召され、登城御目見仰せ付けられ、神祖遠揉の思召しの如く、御懇篤《こんとく》（親切で手厚いこと）の御処置御座候わば、礼儀は勿論道理も全て備付候間、彼も是までの意匠（趣向）を改め、自然感心悦服《えっぷく》（心から喜んで従う）仕り、却って御益得もこれ有るべきやに存じ候」

ハリスを召し、将軍に謁するのに何も問題はないではないか。今までにないくらい強い主張であり、慎重論の勘定所に対する反論となっている。これも阿部伊勢守が亡くなり、物言いに遠慮がなくなったからに違いない。正睦は勘定所に従って一度は見送った井上のハリス出府要請を一転認めることとし、目付けよりの大御所家康様の御取り扱いの書付をごらんに入れ家定公の了承を得、七月二日、老中覚書としての布告を発した。

「初カ条、官吏出府取計方の儀は見込通り相心得候。二カ条、交易御取開き並びに港替年月日の儀は相成丈《なるたけ》取極ざる方然るべく、然し実に拠所無《よんどころな》き場合に至り候わば、十八カ月以上を期限と致し候積り心得らるべく候事」

ハリス出府は決定、開港は十八カ月以降と期限が定まったのである。正睦は同日ハリス応接掛に、大目付土岐丹波守頼旨等の七名を命じた。いずれも開国派の面々である。消極論の勘定所から一人選んだ川路聖謨は、下田奉行井上信濃守清直の実兄である。

翌七月三日は阿部伊勢守正弘の葬儀だった。「阿部はどうしたのだ」真っ先に騒ぎ出し、「とくと御療養を尽さるべく、必ず押してご出勤にては宜しからず」と老中から直書を以って伝えさせた将軍家定公は、僅かの伴を連れ、蔵前の西福寺門前に柩を待ち構え、列の先頭に立って本堂まで先導し、葬儀を取り仕切った正睦を感激させた。こんなにも伊勢殿は信頼されていたという思いと、感情を素直に表す将軍らしからぬ振舞いに、奇妙な癖がと眉をひそめる者たちに何か一言言ってやりたい気分になった。葬儀はしかし明るい日差しの下、厳粛に執り行われた。伊勢殿は自らの信念を貫き、道半ばとはいえ開国に向けた道筋を開いてくれた。自分が後を上手くやれるだろうか。いやこの道を元に戻してはいけない。何としても自分がやらねばならないのだ。

九

ハリス出府も将軍謁見もやむなしと、幕閣内部は認めたものの、御三家、大名諸侯が認めなければハリスを無事に迎えることは出来ない。上府した井上よりハリスとの協議が整ったとの報告を受けて、この出府問題を公表することとし、八月十四日大小目付けに対し、公文を発し、同時に諸侯の留守居を邸に招き、同一の公文を交付した。

「豆州下田表逗留の亜米利加官吏儀、国書持参、江戸参上の儀相願候拠、右は寛永以前英吉利人等度々御目見仰付られ候御先従も之有、且条約取替相済候国之使節は、都府へ罷越《まかりこし》候儀、万国普通常例之趣に付、近々当地へ召寄られ、登城拝礼仰つけらるべしとの御沙汰に候、此段心得らる様相達候。右之趣、向々へ相達せらるべく候」

一方、公文を目にした諸侯は、皆愕然としたようだ。ここまできていたのかという思いであったろう。協議したが大きな反対の声はあがらなかった。強大な武力を前にやむなしとの声が多かったようだ。

　しかし、家門譜代の諸侯の答は厳しかった。事前に内達《ないたつ》（内々の達し。非公式の知らせ）を受けていた溜間詰からは二十四日に不可とする連署が出された。同じく内意を受けていた御三家からも不可の上申があった。九月六日、御三家に次ぐ徳川家門の詰める大広間の諸侯を代表して越前の松平慶永《よしなが》と徳島藩主蜂須賀斉裕（家斉の二十三子）が邸に正睦を訪ねてきた。家門譜代は予想通り厳しいが、懸案のハリス出府の目当ても付いたと、正睦は気分が良かった。

「今日は墨吏《ぼくり》登営の事をお支へあらん為のご入来なるや」

　二人が口を開く前に冗談めかして言って笑いかけた。慶永が口を開いた。

「墨吏登営の事には候へども、唯今となりて、之を支へ申さん所存にては候はず」

　取り出したのは、千三百言に及ぶ建言書だった。ハリス登営に賛意を表した後、兵制を改革し武備を整え、国威を海外に輝かせ、信義礼節を重んじるべしというにある。議論沸騰し説得も及ばぬかもしれぬと覚悟していたのに、注文つきではあるが、ハリス上府を認めているのだ。

「われらの思慮する所と同一のご意見なりしは、我等も大いに安堵仕りぬ、此の末とも頼母しうこそ存じ参らせ候」

　正睦は心からその好意を感謝した。十七日には外様大藩主の詰める大廊下の諸侯が、建議書を提出してきた。大広間と同様、ハリス登城は致し方ないが、この際武備を整え、人心一和を計るべしとあった。阿部伊勢守が存命であったら、こうは出来なかったし、諸侯の反対の声ももっと強かっただろう。

この間正睦は人事を固めていった。先ずは九月十三日の松平伊賀守忠固の老中再起用である。阿部が頼みとしながら斉昭の圧力で罷免せざるを得なかった忠固に内政を任せ、外交に専念しようという心積もりである。同時に斉昭に追いやられた松平乗全《のりやす》を溜間詰格とした。また阿部の腹心牧野忠雅を溜間詰とし、住まいの西の丸下の屋敷を上知し、忠固に与える処置をとった。信頼している、伊賀殿頼みましたぞという気持ちを形に表した積もりだった。九月下旬には江戸城門、諸見付、番所等に備え付けの鉄砲を洋式に改めさせた。大広間、大廊下の建言書にある兵制改革を自らが進める決意を形に現そうとしたものである。二日後の二十九日には鼠山《ねずみやま》で洋式銃隊訓練を老中揃って閲した。

正睦は謙映院の招きに応じ、久しぶりに広尾の下屋敷に足を運んだ。西村鼎が付き従っている。菊の鉢が縁先に並べられ、見事に咲き誇り父上以来の大事な花の出迎えとなり快い。幼い頃からの数々の思い出が残り心安らぐ雑木林を、落ち葉を踏んで辿ってゆくと、邸はずれの大銀杏は黄の葉を落し、穏やかな江戸湾のはるか彼方に富士山が今日はくっきりと見える。晴れ晴れとした気分で邸に戻ると、謙映院が茶室で待ち受けていた。邸の奥深くしつらえられた不昧流の質素な茶室で作法どおりに一服いただいた。心が落ち着き、日頃のハリスを廻るあれこれの気苦労がすっかり拭われたようだった。

「誠に有り難いお招きでございます。ハリスの上府も何とか叶えられることになり、上様との謁見が滞りなく行われますよう、準備を整えるばかりとなりました」

謙映院の顔がぱっと輝いた。大きく頷くと、ふと思い出したように口を開いた。

「伊賀守様は油断のならないお方とのお噂がありますが、殿の片腕と信じてよいものでしょうか。それに今回は大人しく控えていらっしゃいますが、水戸の斉昭様は如何でしょう。蘭癖などと茶化し殿を毛嫌いなさっていらっしゃるとか」

正睦を心配して色々と情報を集めているのか、謙映院は常と変わらず物言いがはっきりしている。謙映院では老臣たちや若手の西村茂樹や平野重久たちのように建前で済ますわけにもいかない。また、意見を聞きたくもあり足を運んでいた正睦である。

「伊賀殿のことなら心配することはありません。異国相手に武力では勝てぬ。戦を起こしては国が滅びることもよく承知しておる開国派です。外交に異論はなく、わしに任せてくれるでしょう。水戸の斉昭公は此の度は強く出てはこられないでしょう。溜間、大広間の諸侯が武備を整えることの条件付ながら、ハリスの出府と将軍家拝謁に賛成してくれましたから」

まあ、というように謙映院は口元に手をやって笑ってみせた。

「何か影でよからぬことをお考えではないでしょうね。今まであれだけ反対なさってこられたのですから。佐藤泰然は何か進言なさっておりますか」

それよ、というように正睦は顔をほころばせた。

「ペリー来訪以来、正式に藩医となり開国献言にも預かってもらったが、その後も泰然の進言は開国に向けた迷いの無い道筋を示し、世界の中で存在感を示すためのこの国のあるべき姿を教えてくれる。誠に彌一兵衛が薦めてくれた得がたい男でございます。軍師泰然がおり、若手には西村たちがおります。外国掛にも人を得、わしは恵まれております」

「殿、何を申されますか。殿が仰せになり先になって進められればこそここまでこられたのではないでしょうか。我等は皆殿についてゆきますぞ」

西村が肩を震わせ真っ赤な顔で声を張り上げた。

「これからです。まだまだ反対の声は続くでしょう。そなたたちも後戻りしないように殿をお助けし、外国の者たちと堂々とつきあわねばなりません」

謙映院は諭すように言って正睦を見上げた。

十

御三家、溜間詰諸侯に反対の声もあるが、正睦の支持の下、幕府はハリス出府の準備を進め、街道筋にも市民の心得まで布告した。十月初めには出府日程が決まった。

十月七日下田を発ったハリスは、十四日江戸に入り、宿舎の九段蕃書調所に入った。道中は道も家も軒先も見物人が押し寄せた。

ハリスは輿中よりこの群集を見て驚いたらしい。下田奉行井上信濃守が迎えて居室に入ると、ハリスは眼を輝かせ興奮してこう話したという。

「もの珍しい我等を見んとて押し寄せた見物人で道も家も埋め尽くされておりましたな。誰もが美服をまとい、血色がよく活気がありました。これまで立ち寄った港や町で必ず目にした薄汚れた貧しげな者は見当たりません。驚いたのは、かくも大勢の群衆が静粛にして秩序正しく振舞っていることです。アジアの他の国では見られなかったことです。欧米の文明諸国の人民と比べ、お国の人々は聊《いささ》かも遜色ございません」

「それは有り難きお褒めのお言葉。閣老にもお伝え申しあげますぞ」

儀式ばった挨拶が済むと、井上は打ち解けた様子で無事に迎えられた喜びを語った。

十月二十一日はいよいよ亜米利加使節タウンゼント・ハリスの将軍謁見の日である。井上はわがことのように心配していたが、ハリスは落ち着いて打ち合わせ通り三拝の礼を厳かに執り行い、将軍家定も左肩に頭をそらす癖はそのままで、右足を三回踏みならし、挨拶を返した。城内大広間では、上段を将軍出座の間として厚畳七枚を重ね、錦を以ってこれを包み、四隅に大総をつけて迎えた。閣老たちと下段東の方に座した堀田正睦が式を取り仕切ったが、立ち姿のハリスは厚畳に座した将軍と目線が一致し、西の方や中段下段に格式に従って居並ぶ諸侯に異国人と将軍との二百年来とだえていた会見との特別の意識を与えなかったようだ。

謁見の翌日、ハリスが「日本の利害に関する重大な事件について、閣下に会商（会合して相談すること）せんことを望む」との書簡を正睦に送ってきた。これは例の重大事件だな。外国掛全員で聞くべきだと正睦は七名の外国掛に下田奉行井上信濃守等を加え、二十六日正睦の官邸に招いた。ハリスは謁見の後風邪気味とて被り物のままの許しを得、話を始めた。

「我が合衆国は、他国の土地を侵略するを以って厳禁としている。さてこの五十年来欧米の形勢は著しく変化した。蒸気船と電信機の発明により、諸国貿易盛大にして修好を各国に求めるようになった。その交易と友好のためには二つの用件がある。使臣を国都に駐剳《ちゆうさつ》させることがその一つである。その二は両国人民の貿易を自由にならしむることである。貴国のためにはこの二事を遂行せらるるにしかず」こう述べて正睦に了解を確かめると、

「いまや日本の危機は既に頭上に落下し来たれり。英国始め欧州諸国大いに通商貿易の要求を手に迫ってくる。英国の態度は強硬で、日本と一戦を交えなければ望みを達せられないと考えている。フランス、ロシアも同様である。清国は先に百万の生霊《せいれい》（人民）を失い巨額の賠償金を払わされ、懲りずに又戦をしている。そしてその清国の敗因はアヘンの害毒にある。一たびアヘンを用いるとやめられず、巨額の財を費やしあたら優秀な人材までも廃人にする恐ろしいものである。貴国もし我が国と盟約を結べば、中に阿片厳禁の一カ条を設けることが出来る」

阿片の害を説いたハリスは、さらには続けた。

「最善の勝利よりも、最悪の無事にしかずとは西国の名将の言葉である。貴国にして我が国と和を結ばば、他国又これを標準としてそれ以上を要求するを得ざるべし。一人と約を結ぶと、五十隻の軍艦を率ゆる者と盟を訂すと、何れが栄にして何れが辱なるか。英国水師提督ポーリング軍艦を率いて未だ来らず。そは清国との戦が終わらぬに依る。もし貴国と盟約を結べば、余は英仏二国の提督に向かい諸国もまた同様の盟約を結ぶべしと告げん」

説き来ること二時間、満座これを聴いて、酔えるが如く、感嘆の声機に触れて起る。正睦も感慨深く聞き、時々質問を発し説明を求めた。内容は正に日本の重大問題である。

ハリスの「演述書」の二つの要件を必要な各掛に示すと、大目付、目付に在府の下田、浦賀、箱館各奉行はこれに賛成だったが、評定所一座及び海防掛勘定奉行は諸侯に諮ってのち諾否を決するよう

求めた。海防係の中でも目付は賛成、勘定所は反対と考えは変わらない。

十一月六日には、土岐、川路、井上ら五人をハリスの下に遣わし、条約上の要件を質問させた。ミニストルについて質すと、何か問題が生じた時の調停者である。英仏二国のミニストルが北京に居れば、清国は戦争をしない解決が出来ただろうと述べた後、

「合衆国大統領は、唯都下にミニストルを置く事、自由貿易を許さるる事、この二カ条の外、別に特殊の要求は無い」

として条約の基礎となる文書を提出した。九カ条のうちハリスの最も希望するものは、

一、外国使臣の江戸駐在を承認する事。
二、外国人民と日本人民との自由貿易を許して、日本官憲これに干渉せざる事。
三、外国貿易のために数箇所の市場を開く事。

の三点である。正睦はこれを諸侯に諮ることとした。ペリー渡来に際し阿部伊勢守がとってきた皆に聞くというこの方針が世界に窓を開くこの国にとって必要な手立てだと考えたからである。勿論正睦の開国の意思は変わらない。問題はいかに諸侯の凝り固まった意見を変えることが出来るかである。ハリスがいつも脅しのように使うポーリングの五十隻の軍艦と圧倒的な軍事力は浸透しているようで、いまや開国通商は避けられないと感じているのではないだろうか。

御三家を始め反対の諸侯は多いが、自主外交、富国強兵の国策で臨めという福井藩主徳川慶永《よしなが》の意

見もあり、正睦には心強かった。曖昧な態度の多い中賛成もかなり見られるようになってきた。徳島藩主蜂須賀斉裕のように朝裁《ちょうさい》（朝廷の裁断）を条件に賛成という者もいた。しかし、水戸藩からは十五日、徳川斉昭から驚きの上申書が出された。

「――ご親族の拙老を墨夷へ遣わされ候へば、此の上の御懇意はこれあるまじく、拙老も二百年の御厚恩を報い奉らず此の儘朽ち果て候よりは日本の御為、墨夷へ遣わされ、その代わり此方へ商館等立候儀《たてそうろうぎ》は相成らずと厳重お達しに仕度候。ただし願之通拙老墨国へ遣わされ候儀に候はば、参《まい》り度者《たきもの》は、誰々にても参り候様御達に相成浪人は勿論、百姓町人等の二三男三四百人も下され、重き追放、軽き死刑之者迄も御免にて下され相成り、右連れ参り、墨夷にて交易致したき品は、拙老扱中次《なかつぎ》（取次）にて致し候はば、万々一節老彼の地において殺され候共、日本の御不為《ふため》（その人のためにならないこと）には相成まじく、――何卒早く拙老へ百万両下され候はば、年来存込候通りの大艦大砲候て、日本の御ために仕度《つこうまつりたく》存じ奉り候。――彼人類懇切御為に交易々々と申候へ共、交易にて一切御国の御益に相成事は之無、最初には御国の益の様に存候共、皆人を馴（人になれて親しくなる）候のみにて、終に残らず御国を奪うべき計策に御座候」

　あちらからの貿易は拒否するが、こちらからのいわば出貿易なら良いというのか。それに何百人もの手勢に百万両とは、謀反の軍勢と疑われても仕方ないではないか。

「さても由なき事を申さるるものかな」思わず洩れた呟きだった。しかも斉昭はかつて譴責を蒙った不平不満をも洩らしてもいる。不謹慎も甚だしい。

「さりながら、今より十年を経なば、国勢一変して、貿易の業大いに開け、これらの議論も我等の苦心も、皆一場の笑話に帰し去らん」

思い返しそう呟き笑ってはみたものの、此の書は一私書でなく、一篇の建白書である。受理すれば将軍家の上覧に供しないわけにはいかない。如何なる疑惑を招き、思わざる譴責を蒙るかもわからない。我に返った正睦は水戸の老臣を召し、その旨注意した。老臣は恐縮、建白書の返却を願い出た。返された斉昭は不満いっぱい、正睦を罵倒していたに違いない。

十一

諸侯の答申を待つ間、ハリスは宿舎で待たされるだけで、井上にその不満を訴えた。これ以上の猶予はないと正睦は泰然始め西村たち若手も交え意見を交わした。ハリスの脅しばかりとはいえない強大な武力を以って迫る英仏に抗する力がない今は、「領土的野心のない」アメリカと平和的に通商条約を結び「富国強兵」の道を目指すのが良いとの結論を確認し、閣老にも諮り、海防係の意見もまとめ、十二月二日、ハリスを西丸の役宅に招き会談した。ハリスの三つの要求、公使の江戸駐在、役人の介入なしの自由貿易、新しい港数港を開くことを将軍家定に説明、了承を得ていた正睦は、諸侯の意見を求めていたと遅れた事情を話し交渉の開始を伝え、交渉の土台となる草案の提示を依頼した。三日、交渉委員に下田で抜群の交渉力を示し、ハリスと気心も通じるようになった井上信濃守清直と、才覚抜群の開明官僚、岩瀬肥後守忠震《ただなり》の二人を正式に代表委員に任命した。十二月四日、二人にハリスとの交渉に関する全権委任状が将軍から下された。井上四十八歳、岩瀬三十九歳、ハリス五十三歳である。そして四十七歳の堀田正睦が首席老中として日米通商条約の交渉に臨んだのである。ハリスを訊ねた二人は互いに委任状の照合を行い、ハリスから条約草案の和蘭語訳を受け取った。十六カ条に上るがその基本は次の六カ条である。

一、相互の首都に公使を置く。
二、新しく数港を開く。
三、輸入品に課税する。
四、阿片の輸入禁止。
五、役人の介入なしの貿易。
六、締結後五年で改定できる。

日本側は先に長崎で締結した日本に有利な蘭露二国の条約付録を交付した。これを基にしたいとの心積もり、いわば日本側草案である。

交渉は貿易仕法及び公使居住地のことから始まった。貿易仕法について、蘭露の条約を元にとの主張は自由貿易でない、役人立会いだとしてハリスに紙切れ同然の条約と一蹴された。ハリスの十六カ条にあった踏絵は既に廃止したと伝え、信教の自由も認めていると伝えると、ハリスは意外に驚いていた。しかし公使駐在地について「人心の折り合いがつくまで」六郷川より神奈川までとすると、公使の首都駐在は世界の常識だとハリスが反対するなどのやりとりで開始され、以後毎回話の内容が正睦に報告され協議をし次の指示を与え、翌日正睦は閣老に報告、重要な案件は将軍に報告し、許可を得た。

岩瀬を中心に日本側がこだわったのは、貿易港とその開港時期であり、外国人の国内旅行の件であった。十二日の交渉で、公使居住地を都府に差し置き候事、両人談決致し候と前言を撤回。ハリスを大満足させたが、発効期限をハリスの来年七月より十八カ月延期として、「差し上げ候草案を御火中なされ候方然るべし」と以後も不満表明のハリスの手が出たりもした。ひとつの問題から別の問題に話を変え、気がつくと前言を取り消したりと、ハリスのくるくると変わる態度は、下田の追加条約ほどではないが、ここでも見られ、井上たちを悩ませたが、ポーリングの五十隻の軍艦の脅しにも慣れ、「火中なされても」との脅しにも平然としているようになった。

十四日はハリスがこだわった開港地が問題となり、西海岸は新潟と決まったが、京都を主張するハリスに天子様御座《ぎょざ》の地で、大名たちでさえ出入りが制限されている。「京都は決して相成らず」とし、ではとハリスは江戸と共に大坂の開港にこだわった。

十二月十五日は在府大名登城の日である。「米国総領事応接の件」を諸侯に報告しなければと、溜間詰から雁間詰まで、老中が手分けをして報告説明に当たった。先の上申書のこともあり反対されてはと、斉昭には正睦自ら書類を持参し説明に当たった。

諸侯には、既に外国と和親条約を結んでいる。この上は貿易により利益を得国力を高める、阿部伊勢守も主張されていた「富国強兵」を目指す国勢挽回の好機と考えてもらいたい、ついては我が国の国益を損なわないよう「申立て使節の趣はこれを取り縮める」所存である。「心付候儀あらば申し上げるべく候」と伝えたが、表立っての声は上がらなかった。

然し、謙映院が松江藩松平定安に聞いた話では、大名たちはどう考えてよいかわからず迷っているようだという。「家定公が年若い主上であることをいいことに、ハリス、ヒュースケン如きに、閣老たちがたぶらかされているのではないか」そんなことを言い合ってお互いに心を落ち着けている様子だという。

公使の江戸駐留を認め緩優貿易（自由貿易）をも認めた以上、交渉の中心は新たに開く開港地である。ハリスは更に一般の外国人に国内旅行させよと強く主張してきている。

「彼は『アメリカ人旅行の主意は、その土地土地にて産業の様子を覗き候外別意之なく候』と、軍事目的などないから認めろと言っておりますが、土地土地の産業の様子こそ我等が絶対にこれを覗くこと等許せないことにございます」

国内の産業の実状を今つぶさに知られることは国益を大きく損なう。清国が良い例で、イギリスの商人は清国の国内事情を調べ、都合の良い商権を手にしている。世界の事情に疎い日本の商人を守るため、商権を渡してはなりません。岩瀬の主張に井上も同意し、ハリスに断念させる手立てを相談した。

「大坂がようございます。ハリスは京都の出入りが出来ないなら、大坂をと、世界に知られた大坂開港を切望しております。我等も今後の駆け引きの一つとして断りを申して参りましたが、ここで外国人旅行断念の見返りとしたら如何でしょうか」

正睦がそれで行こうと言うと、井上は自らその役を買って出た。ハリスとは腹蔵なく話せる仲となっているからと、第七回の交渉日の早朝、通詞森山と出かけていった。

「それがしは友人として申し上げたいのであるが、貴殿が第七条の外国人国内旅行を主張するならば、本交渉は決裂し、空しく帰国するしかなくなります。それでもよろしいのですか。貴殿の今までのご苦労は無駄になってしまいますよ」

率直に話すと、井上の常にない強硬な調子にハリスの反応は早かったという。

「外の件で私の主張を認めてくださるなら、取り下げましょう」

と応じたのである。外の件とは、勿論「大坂開港」である。井上も直ちに応じた。絶対に駄目だといっていた大坂に「斟酌の余地がある」と妥協をほのめかして応えたのである。

その日の会談でハリスは正式に七カ条を引き戻し、外国人国内旅行断念を表明、日本側は次回二十三日の第八回で大坂開港を告げたが、江戸の三年後と聞かされハリスが激怒、日程は次回となった。ただこの日岩瀬が華盛頓《ワシントン》にての条約取り交わしを提案すると、ハリスは思いがけない申し出にすっかり感激、「至福この上なし」と喜びを全身で表現した。

十二月二十五日、第九回で、大坂堺開港は一八六三年一月一日と決定。既に決定済みの金川《かながわ》（横浜）一八五九年七月四日の三年半後である。ここに欧米の情報に詳しく、国内各地の実状にも通じている岩瀬が、通商条約交渉に臨むに際し正睦に了解を得た二つの作戦が達成されたのである。貿易によりその利を幕府に齎《もたら》し、同時に商権を大坂から江戸に取戻すというのがその一つだが、ハリスを散々焦らし、大坂開港を江戸の三年半後にこぎつけ、江戸に商権を取り戻す時間の余裕を手にし、貿易の利を幕府にもたらしたのである。そして今一つが抜け目のない外国商人に国内産業の実状を見せ商権を奪われたくないと、外国人国内旅行を断念させたことである。

岩瀬は帰った後、正睦に「これで天下の権勢は江戸に、利権は膝下の横浜に集中し、徳川幕府は「中興一新」の御興業がなりますと勢い込み、一寒村にすぎない横浜の未来を語った。この日井上は正式に「条約本書取交しの儀は、当方より使節差遣わされ、華盛頓《ワシントン》にて取交し候事と治定致し候」とハリスに伝え、翌二十六日を以って年内の交渉が終了した。

――大きな山は越えたのだ。これで日本が世界の中の日本に生まれ変われるぞ――

正睦はやっとのことでこの道筋に辿り着けたと、多忙な一年を振り返ってみた。彌一兵衛が、正敦が「ご苦労さん」と励ましてくれているように思えた。伊勢守は「道半ばだぞ」と、端正な表情を緩めなかった。将軍家には報告しお許しを得たものの、諸侯の態度はあいかわらず厳しい。

協議が終わり夜更けの帰りの日々である。気分が晴れやかな日も落ち込む日もある。邸に帰ると家臣や女たちが揃って迎えてくれる。ほっとするものの、緊張の日々が続いた。

勅許を求めて

一

年の瀬の冷たい風が吹き荒れていたが、正睦たちには暮れも正月もなかった。主要部分がほぼまとまった条約を諸侯に説明し、了解を得なければならない。

二十八日、二十九日の両日、江戸城内大広間に在府諸侯を集め、交渉経過と内容の説明に当たった。将軍家定のお言葉があり、大目付土岐頼旨《ときよりむね》が司会を務め、岩瀬が交渉経過と内容説明に当たった。質《ただ》したき儀があれば夜を徹してでもお答え致すと岩瀬が申し渡したが、その場で質問する者も残って質す者もおらず、形の上では諒承となった。

とはいえ幕閣を預かる者として明確に賛意を取り付けておきたい先の意向を確認する必要がある。それは水戸の徳川斉昭と薩摩の島津斉彬、そして譜代家門の代表である溜間詰諸侯である。いずれも政治的影響力があり、老中・幕閣をものともしない諸侯である。

島津斉彬からは上申書が提出された。大砲も軍艦もと洋式導入に取り組んでいる斉彬は、開国は自明とした上で、将軍継嗣に徳川慶喜を推すべしと上申してきた。心配はしていなかったが、関心が将軍継嗣に向けられているのが驚きだった。篤姫が御正室ではないか。それでいいのか、それほど慶喜に惹かれているのかという驚きである。

溜間詰めには気心の知れている井伊直弼を通じた。攘夷主義者といってよい直弼だが、正睦からの話で、開戦しては勝ち目がないことは承知している。開国して貿易により富国強兵を図るべしとの正睦の方針を溜間詰諸侯に説きなだめてくれた。

問題はかの壮大な上申書をつき返され、心穏やかならぬ水戸の斉昭である。二十九日に、内容を熟知した川路聖謨と永井尚志《ながいなおゆき》に説明させ諒解を得ようと、小石川の水戸邸に二人を遣わした。帰ってきた二人は青ざめた顔でなかなか口を開こうとしない。

「前《さきの》中納言斉昭様、中納言慶篤《よしあつ》様お二人ご同席でお目通り叶いました。ただお怒り激しく、なんとも復命の術なしと存じましたが、お役目務めて後と存じご報告に参上致しました」

川路は、斉昭の言は口にするのも恐ろしい暴言にございますと言ってうつむく。構わん、そのままにという正睦に促され、永井と確かめ合いながら、失礼をと口を切った。

「『如何に両人何ゆえあって今頃参りたるぞ、全体備中は不届千万《ふとどきせんばん》なり。先達《せんだつて》も存じ寄り有らば申せとの事成れば、思う所を申し聞かせたるなり。然るに備中も伊賀も、何か愚図愚図申せし由、以っての外なるぞ、備中、伊賀には腹切らせよ、ハリスは首を刎《は》ねよ、斬ってしまえ』

いきり立っておられますので永井が、

『追々形勢も変わり候へば、それらも申し上げげんと存じて』

と申し上げましたが、前中納言様には手もつけられないお言葉の数々。中納言様におとりなしをお

願い致しましたが一言もおっしゃらないので前中納言様は激しい調子のまま、

『先日申し遣わしたる亜米利加行きの事、百万両の金子の事等、その返答を打ち捨て、相談など、言語道断なるぞ』と仰せになります。仕方なく、

『今後の追々の御処置に関し、台慮を伺いて取り計らう儀も候はん、其の節思召《おぼしめし》（お考え）は候まじきや』と申し上げますと、

「其は此方の知らざる事ぞ、勝手にせよ」と仰せになられましたので、

『仰せの趣承知仕つり候』と申し上げて、そのまま控え所に下がらせていただきました。

酒肴のおもてなしがありましたので、御家来衆に、

『ご老公のご機嫌以っての外なれど、勝手にせよとの仰せを頂きましたので、今後の事には思し召しあらせ玉はずと復命致す所存に御座候。老公御前の儀は宜しくとりなし賜り給え』と挨拶致し、『委細心得候』とのご返事を頂いて帰って参りました。

永井は復命の術なしと、腹を切る覚悟で退出した様子でしたので、ご老公はあのようなお方で、心配は無用だ。『勝手にせよ』とのお言葉を頂いたので備中守様への復命は叶うぞとなだめながら帰って参りました」

流石、川路は老練だ、正睦はそう思った。

しかし、御三家当主、前中納言、幕府の海防参与も務められた方のお言葉の重みと及ぼす影響を如何お考えであろうか。立派なお仕事も数々なされた方なのにと思いながら、

「何も気遣うことはござらん。お務め大義であった。お役目は十分に果たしましたぞ」

微笑んで見せると、二人はほっとしたように頭を下げた。永井は涙を浮かべ、肩を震わせ、しばらく顔を上げなかった。

二人を下がらせた後、斉昭の激昂ぶりに思いを致すと、この度の開国への道の険しさが想像を絶する厳しいものとして感じられてきた。あの阿部伊勢守でさえ夷人としてハリスを江戸に入れることを強く拒んでいた。打ち解けた仲と思っている井伊直弼も本心は攘夷だろう。物言わぬ諸侯たちもどこかで流れが変われば、奔流となって開国に異議が唱えられるかもしれない。正睦は水戸の我儘として済ますことが出来ない恐れが大きくなってゆくのをどうしようもなかった。はたと思い浮かんだのは、諸侯の答申にも見られるようになっていた「朝裁」の二文字である。川路が言っていた。

「あれこれと騒がしゅうございます。これも幕府が独断で決めず諸侯の意見を求めるようになったからです。阿部伊勢守様が開かれたこの形は素晴らしいものですが、絶対的な権威がないと物事は決まりません。こうなっては朝廷を担ぐしかありません。天子様がお決めになったといえば、皆納得しそれに従うでしょう」

徳島の蜂須賀斉裕からも開国賛成だが朝裁をとの答申があったし、他にも朝裁を唱える者がいた。確かに底流にくすぶっている開国への不安を一掃し、諸侯の心を一致させるには朝裁に勝るものはない。和親条約の折は伊勢守の報告は直ちに奉納され、「老中の苦心、主職の尽力」とお褒めのお言葉まで賜ったではないか。この度もご裁可賜るに相違ない。これで行こう、考えがまとまると閣議に諮った。激しく反対したのは、松平忠固である。

「先の和親条約は事後報告にて勅許が下り申した。政は幕府がお預かり致しておる。幕府の判断でことを行いご報告をすればそれで十分ではないか」

もし勅許が得られなかったら、幕府の権威が損なわれる。忠固は強硬だった。言うことはわかるが、反対の多い諸大名を抑えるにはこれが一番だ。反対の急先鋒水戸の斉昭は勤皇の志篤きお方。朝裁であれば百の説明より効果があろう。事前報告と説明役として儒官林大学守と目付津田半四郎を上京させていた。報告をさせればよいと考えていたからである。閣議でも海防掛でも賛否が分かれたが、首席老中の自分が奏請使として上京すれば問題なく勅許が得られるに違いない。勅許とあれば、諸侯も収まろうし、これが一番だ。

井上と岩瀬を新年の挨拶と迎えたハリスは、条約調印は延期する。勅許を得ることになったと言われ、信じられないと頭を抱えた。

「ようやく話がまとまって、あと少しで終わるとほっとしていたのに、信濃守これは一体どうしたことですか。徳川幕府は日本の代表ではないのですか。わかりました。結構です。私が行きます。天子様に私がお話ししましょう」

顔を真っ赤にして怒り出したハリスに、井上はこれは全国の諸侯をなだめる為の方便である。先の和親条約も勅許は直ちに降りた。さらに井上はこう続けたという。

「実状をお話し申そう。大諸侯十八人中、開港通商を可とする者は四人。他の十四人は反対しておる。譜代諸侯三百人中では、賛成九十人で残りは反対でござる」と。

「これでは難しいとお思いになるだろうが、それを解決する起死回生の手がこの朝裁でござる。実際の権力は幕府が握っておるが、精神的には将軍家さえ敬う雲の上のお方が主上であらせられるのでござる」

岩瀬が続け、勅許は形式的なものだが、全ての者を従わせる実際の力を持っていると話し、他ならぬ首席老中の堀田正睦様が上京しお願いするのだから、事は成ったと同じことだと保証したので、ハリスも納得し延期を認めた。

二

斉昭にはしかし、報告の使者を送っただけで知らぬ顔は出来ない。正睦は年始の挨拶に事寄せて、一橋慶喜《よしのぶ》にとりなしをお願い申し上げた。斉昭が無礼を働いたと聞いた慶喜は、直ちに父を責めその無礼を正睦に書面で詫びさせた。同時に、正月早々使者の川路、永井に加え、井上清直、岩瀬忠震、土岐頼旨の五人を自邸に招き、父の非礼を詫び、唐織の能装束を一つずつ手渡した。正睦にも伝来の鞍二口を贈り、老父のことを頼み、斉昭の暴言は大きな問題とならなかった。かねてからその英明を聞いていた慶喜二十三歳の鮮やかな振舞いに感激した五人は、その後慶喜擁立派となった。正睦はかねてより将軍継嗣につき、越前の松平慶永らから慶喜を、溜間の井伊直弼からは紀州藩主徳川慶福《よしとみ》十二歳を推すよう迫られていたが、老中首座として軽々に動いてはと態度を鮮明にしていなかった。

一月に入りハリスとの協議は続けられた。輸出税五パーセントを課すことなど残りの幾つかに決着がつくと、正睦は京に向かった。川路聖謨、岩瀬忠震等に交じり、佐倉藩士平野重久、西村茂樹らがつき従っている。幕府から五千両、将軍家定より別に二千両賜っている。先の条約は直ちに収められた。この度も日ならずして勅許の運びになるに違いない。開明的な太閤鷹司政通《たかつかさまさみち》様がおられる。問題があれば、川路が岩瀬が控えておる。二人の説明で疑いは全て解消されるだろう。そして殿上方に差し上げる黄白《こうはく》も過分に頂いてきており、それを方々に献納すれば、気分よく我等を迎えてくれよう。正睦は勅許を疑わなかった。とすれば折角の機会だ。これからの佐倉藩、いや日本を支える若い者を連れていけば、学ぶ所が多いに違いない。若手を含め、物見遊山気分の旅となった。

正睦が京を目指し出立した一月二十一日、ハリスも下田に向かった。高熱を発し体調不良で倒れたハリスは、「二カ月以内に条約調印を致す」との正睦の誓約書を手にしての出立である。しかしハリスは下田で容態が悪化、危篤状態にまで陥った。ハリスに死なれたら英仏等に如何なる条約を結ばされるかわからない。「必ず快癒させよ。さもなくば、きっと切腹申し付ける」と留守を預かる忠固等老中にきつく申し渡された幕府派遣の蘭方医たちは傍らに刀を置いて必死の覚悟で手当をし、ハリスは一命を取り留めたのである。

そうとは知らない正睦は、二月五日京に入り本能寺に宿をとった。九日参内謁見を仰せ付けられ、正睦は小御所において天杯を賜った。改めて身の引き締まる思いである。

十一日には伝奏大納言広橋光成、大納言東坊城聡長《ときなが》、儀奏万里小路《までのこうじ》正房、久我建通が本能寺を尋ねてきた。正睦は川路、岩瀬と共に会い、開国通商止むなしの世界の情勢を説明した。内容を熟知し弁舌の立つ二人の説明は、正睦も感心するような鮮やかなものだった。しかし説明したのは、伝奏、儀奏である。関白、左右大臣にご説明申し上げたいと取次ぎを頼むと、四位以上の殿上人でなければお目通り叶いませんと言われた。正睦は愕然とした。奏者蕃を勤めた時、こんなにもわずらわしいしきたりがあるのかと茫然としたことを思い出したからである。武家のしきたりより朝廷の方がもっと厳しいと考えるべきだった。甘く見すぎていた。まだ外にもあるかもしれない。不安が一気に膨らみ、胸が苦しくなった。どこぞの養子にでもして四位にしておけば二人に説明を任せられたのだ。口下手の自分には到底今日の二人の様には行きそうにない。しかし、今となってはどうしようもない。

頼みの太閤鷹司政通にお目通りを願ったが、なかなか許されない。ようやくお目通りが叶いお話を伺うと、「亜米利加使節差出候書付和解」等三冊の文書は一月十二日には御前に上げるよう命じてあるとのこと。特段のお世話になるお方である。正睦は先の公式のご挨拶の他に用意した黄白を献じようと申し入れると、断られた。朝廷の公卿方は、こうした折のお土産を内心心待ちにされていると聞いていたのに意外である。

「関東から大金を持ってくるようだが、この度は問題が問題、黄白に目がくらまされぬよう、決して受け取ってはならぬと、主上より厳しく申し渡されております」

折角持参の大金は使えないのか、どう公卿方に取り入ればよいのか。一瞬戸惑ったが、それより心配なことを伺った。

「では主上はこの度の条約に反対なされていらっしゃるのでしょうか」

正睦が尋ねると、

「夷人が京や江戸に入るのはきらっていらっしゃるが、お話すればわかってくださるでしょう。現に先の和親条約は問題がありませんでしたから。今回もよくお話し致しましょう。ただ、この問題で朝議が始まると、肝心の時に主上は退席なさるのです。夷共が国土に足踏み入れ、交易をするとあって、この度はより身近に怖れをお感じになっていらっしゃるのかもしれません。公卿たちも京都から外に出たことがなく、情報も手に入りませんので、考え方も偏ってしまうのです」という。

容易ならざることになるやもしれぬ、しかし太閤殿下がおられれば勅許に落ち着くだろうと、不安を抑えて待機していると、勅答が下されたという。参上して受け取ると、「御三家始め諸侯の意見を諮問せよ」とある。これでは何にもならない。諮問して意見が出るまでにはハリスとの期限も来てしまう。拒絶されたのと同じである。正睦は留守の老中に書簡を送り、将軍家定よりの「勅裁願い」を書面で送るよう「大急便」で依頼した。

太閤殿下から宮中で出回っている文書だと渡された中に、斉昭の文書があった。読み始めた正睦は驚くというより、呆れてしまった。斉昭ならやりかねんと思いつつも、よくこのような出鱈目がという怒りと情けなさである。

「下田玉泉寺に差置候亜米利加コモドール、コンシュルと申す者、或いは剣を抜きて奉行を脅し、或いは通詞の剣を踏候《ふみそうろう》等、其の外種々驕慢無礼の言を吐き、是非江戸へ参り、将軍へ対面致し度旨申張《もうしはり》、此方を脅し候故、官吏共恐怖致、此節に至て江戸に引き入れ、登城致さるべき由評議決着之趣、誠に容易ならざる儀、——その後嘉永六年に至り不意に江戸内海へ乗り入れ、天下大いに動揺し、遂に其の書を久里浜にて受け取り候始末、国体を汚し候事、有志の士、皆々切歯致し候、其の翌年、遂に横浜応接に相成、吾国開闢《かいびゃく》以来未曾有《みぞう》之大恥辱を受け候次第に御座候、——（西洋諸夷は、）先ず第一には和議を結び、交易を始め、其の内自国の利潤を得、遂に兵端を求め、其の国を覆す、其の計策誠に憎むべき至りに御座候、——万一非常の節は、某藩の如きは兼々心懸《こころがけ》御座候故、遠地たりとも、早速馳登《はせのぼり》、御護衛仕え致し候心得に御座候」云々。

これは朝廷との直接の交際、「京都手入れ」である。幕府厳禁の「手入れ」を、しかも誇大に有りもしないことや悪意の憶測まで、忠義面して書き散らしているではないか。外も似たような攘夷の文書である。京都しか知らず、異国船も見たことがない主上を始め朝廷の方々が、これらの文書をまともに信じているとしたら、覆すのは容易ではない。諸藩も攘夷が盛んだから似たような書状になるのだろう。正睦は改めて己の見通しの甘さを悔やみ、外国人は夷敵と信じきり触れ回る斉昭や『手入れ』の主に怒りと苛立ちを覚えた。

正睦は、儀奏万里小路正房らを招いた折の事を思い出した。勅答で質されたことへの答えとその説明に、万理小路らは問い質《ただ》しもしない。何も言わず、ただ泣くだけだった。

「近来主上の御様子異人の一条深くご配慮にて御寝食をも案じられ兼ね候程の御事にこれあり。何とか宸襟《しんきん》（天使の心）を安んじ奉るべき御処置をお願い致すばかりでございます」

万理小路はそう繰り返し、涙するだけである。主上も本心は反対なのか。容易ならざる事態だ。正睦は将軍家定を思い、闇老を思い、ハリスの自信に溢れた顔を思い浮かべた。

「――京地模様も何分はかばかしく参り兼ね見込みよりは遅々罷り成り当惑、去《さ》り乍《ながら》先ず悪しき儀はこれ無き哉に御座候。――早実《はやじつ》に百年の寿を縮め候儀御座候御察し下さるべく候。――例の仁《じん》日々威勢盛んの由、困り候者にこれ有り候。何分引合（証人・参考人になること）多き人物には当惑。其の内尾を出し申すべく、其節は取逃がさず生捕《いけどり》候様心掛居り申すべく候」

不安な気持ちを抑え、最近腹を割った信書をやり取りしている井伊直弼に便りを認めたら、少し気分が晴れた。勅許は思ったようにははかどらない。しかし何とかなるのではないか。そうなってほしい。それにしても例のご仁斉昭は、朝廷にまで手入れで攘夷を振り回しておる。冗談めかして「生捕」と書いたが、掃部頭ならわかってくれよう。

三月一日、「人心の居合」は関東が引き受けるので叡慮を安んじられる様にとの将軍家定の意向が留守老中より届いたので、正睦は一日も早い勅許を願い出た。万理小路らからは、両内覧太閤鷹司政通、関白九条尚忠共に幕府とことを構えないよう開国通商に導いてくれそうだと聞き、正式の勅裁を見なければ安心出来ないとは思うものの、切迫した時日の中ようやくその日を迎えることが出来ると、胸を躍らせていた。

三月九日、勅答書の草案が廷議にかけられるという。しかしながら議論沸騰、十一日までの三日間に渉り勅答案の当否が論じられたが、決まらない。一体何があったのか。ただ待つより仕方ないのが苛立たしい。しかし正睦の下には、参内日限の都合の問い合わせがあった。勅許が降りる見込みが立ったのか、早い方が良いと、十四日を答申した。

三

しかしながら、十四日も十五日になっても召命は来ない。「さては風向きが変わったのか」正睦の胸中に不安な気持ちがふくらんでゆく。待つ間に、公武の連絡に当たっていた禁裏付武官都筑《つづき》峰重《みねしげ》が急死した。更には伝奏東条坊聡長が辞職した。朝廷内で大騒ぎが起こっているとの報せもあった。二十日にようやく召命があり、勅答書を賜った。

「墨夷之事、誠に容易ならず、――此度之仮条約之趣にては御国威立難思召《ごこくいなりたちがたくおぼしめ》され候――尚御三家以下諸大名にも台命下され再応衆議之上言上有可仰せ出され候事」

「再応衆議の上」とは全く意外の勅答である。先に漏れ聞いた両内覧、伝奏方のご意向は開国通商認めるべしではなかったのか。わしは甘い夢を見ていたのか。この期に及んでの大逆転だ。本能寺に帰り川路、岩瀬と話し合うが、策が思い当たらない。

二十四日に本能寺を訪れた広橋伝奏、久我・徳大寺両儀奏の話で精しいことがわかった。

一旦は両内覧等の開国通商を認める方向に話が進み、三月八日、勅答案が廷儀に付された。

「東照宮以来の制度を変革するについては叡慮を悩まされ、何ともご返答之遊ばされ方之無く」「此上は関東に於いてご勘考有べき様御頼み遊ばされ候事」との伝奏東条坊聡長《としなが》の勅答案である。しかし「関東に於いてご勘考」とは条約も通商も関東に一任するということではないか。それでいいのかと反対する者が多く、結論が出なかった。関東と事を構えたくない関白尚忠《ひさただ》の奏上で一旦はそのまま決まりかけたが、突如大嵐が吹き起った。攘夷の志を抱く侍従岩倉具視《いわくらともみ》が不平の徒を糾合《きゅうごう》、中山大納言直能らが同調すると、その勢いが一気に広がったのである。先の勅答案を取り消せとの上奏文が赤心連名と称する十七名から提出されると、署名者はたちまち八十八名に膨れ上がった。

「日本国中不服にては実に大騒動に相成候間、夷人願通りに成候ては天下の一大事の上、私の代より加様の儀に相成候ては後々までの恥に候わんや」

主上の御心はかくあると触れ回り、大集団で反対派に押し寄せたり乱暴を働いたりしたのです。関白九条尚忠も東条坊も堀田備中から大枚の黄白を受け取っているとの噂がまことしやかに流れ、「外夷は虎狼の国にして通商は亡国の基」と脅し、「主上社稷《しやしよく》（国家）を憂いさせ給いて、日夜侵食をも安んじ給わず」と叡慮《えいりよ》を如何なさると迫り、手が附けられない有り様。このさ中関白、先の勅答案を責められた東条坊が辞表を提出、禁裏付都筑峯重の急死もあったのです。都筑は自害したとの噂も飛びました。驚きは太閤鷹司政通様です。主上のご信認がとみに薄れ情けなく思し召されたのか、まさかの大変心、開国から攘夷に変わってしまったのです。耳を疑いました。攘夷派は鬼の首を取ったような喜びよう。攘夷でなければ人ではないといった大変な勢い。その結果内大臣三条実万《さねつむ》の先の勅答案が正式の勅答として下されたのだという。

顛末はわかったが、諸侯の意見を求める時間がない。ハリスとの約束の期限は三月五日であり、期日を延ばそうとすれば、米国が武力を以って迫るかもしれない。英佛は軍艦を以って迫ることは確実だ。朝廷は国家の興廃を賭しても条約を拒み、攘夷を行おうとするのか、天下を預かる幕府としてはこれを確かめておかなければならない。

「此の度の勅答に対し、諸侯の決答が得られない間の万一異変の節の心得をお伺いしたい。寛猛両様の何れを執るかということで御座候」問いかけると、

「主上に於かせられては、決して戦争の叡慮は在《お》はしまさず」と答えがあった。

正睦は再度確かめた上、文書で後日の証拠としたいと次の一文を認《したた》めて署名を求めた。

「此方より戦端を開き候儀は、叡慮において、決して思召在《おぼしめし》しまさず候段、伝奏衆、儀奏衆申し聞かされ候」

両奏退出後、正睦は川路、岩瀬と膝を接し首を集めて密議を凝らした。

「今日我等の執るべき道は、和か戦か、二途があるだけである。朝廷若し訂約を欲しないなら、戦の道を選ぶことになる。しかし主上は戦を望んでいらっしゃらない。またもし開戦を好ませ給わずというのなら和を選ぶことになる。然るに朝議は訂約を許さない。和でも戦でもないとしたら如何致したら良いのだろうか」遵奉《じゅんぽう》（法に従い固く守ること）の道がないではないか。しかし、主上は戦をしないと仰せになっている。外国の情勢を考えても、戦争は亡国の元だ。

「事此処《ここ》に至りては、国家のため、宗社（各所の祭神を合祀した神社）のため、断然責任調印を行うの外なし」となった。

——わしがその責任を負うのだ——正睦は身震いする思いでその結論を心の中で反芻した。

文書では我等の思いといきさつが伝わらないと、岩瀬を帰府させて説明に当たらせることにした。閣老宛てに書状を認める。甘かった。後悔と無念の思いが体中を貫き筆が震える。

「京地の模様、過日申し上げ候通、追々差もつれ、何分穏やかならず、実に堂上方正気の沙汰とは存じられず、嘆息仕り候、此上は得と御判断、時勢至当の御処置御座無く候ては容易ならざる儀にも相成るべき哉と、甚だ心配仕り候——右等の処、肥後守能く心得居候間、委細御尋問下されたく——」と。

考えてみれば、朝廷の処置は不可解といわざるを得ない。如何なる道をとるか、正に国家存亡に関する重大な局面である。誠心誠意を以ってこれに応えるべきではないか。然るに曖昧模糊《あいまいもこ》とした（はっきりしない）態度に終始し、自らは責任を取らず、徒に幕府を苦しめんとするは何事か。この上は自らの信ずるところを以って時勢至当の処置を断行する以外に執りうる道は無い。自ら外事を処置するは、幕府の権能である。関東の責任である。自分はその幕府の最高責任者である。これを断行するも、決して越権にあらず。僭越（身分・地位を超えた出過ぎた態度）にあらず。幕府の責任を以って日米条約に調印し、我が国の危機を救い、国家の滅亡を防ぐのだ。

問題は勅許を得ずに断行してよいかということである。これは自分の胸に秘め、閣老の判断を聞き、上様のご決断を待つしかない。違勅の罪を自分が負うことになるやもしれない。

一つ不思議なことがある。それは将軍継嗣の問題である。この度の上京の目的は日米の条約勅許だが、将軍継嗣も両派の争いになっていた。自分はそれどころではなかったが、それぞれの主に遣わされた若手の面々が朝廷に働きかけているとは聞いていた。

この度の詔書伝達に当たり、将軍継嗣につき主上の思召しとして「英明、人望、年長」の三条件を備えた後継者が望ましいとの内旨が、広橋伝奏より口上で伝えられた。これは明らかに慶喜が望ましいという朝廷の意向を示した内旨（内々の沙汰）である。広橋伝奏の口ぶりからすると、条約に勅許を許さなかった代わりにこれを備中の手土産にせよということらしい。越前の慶永や薩摩の斉彬の手の者が朝廷を動かしたのだろうか。それとも例の水戸の斉昭がわが子を将軍にと動いたのか。自分も態度をはっきりさせねばなるまいが、上様はなんと思し召すだろう。

四

四月五日、正睦は京を立ち帰途についた。江戸を出立する時にこのような結末になるなどとは全く想像もしていなかった。幕閣を預かる最高責任者としては大失態であり、言い逃れなど許されようがない。駕篭の揺れに身を任せながら、悔いることの数々が繰り返し思い浮かび、その度にいたたまれない激しい痛みに胸が締め付けられる。しかしいくら悔いても安易に考えていた己と、惨めな結末を手にした己が今此処にいるという事実は、覆《くつがえ》しようがない。三百人もの一行を引き連れての帰途は表立った気分になれず、中仙道を行くこととした。七日美濃赤坂駅に辿り着くと、閣僚よりの答書が届けられていた。中に将軍家定の言葉があった。正睦は押し戴き何度も読み返した。

「上へも御地之御模様、巨細《きよさい》（くわしいこと。委細）に申上、御心配に思召候得共、誠に拠所無き《よんどころな》（やむを得ない）事に思召、貴所《きしよ》（尊敬語。あなた）様にも諸事御困苦御取扱之儀と、毎々御沙汰も在為され候間、其処は御心配之無く、御心強御盛勤成され候様存奉候」

いままでこらえていたものが一気に迸り《ほとばし》出た。涙が溢れ、止まらなかった。お許しは得られないだろうが、わかっていただけたのではないかと思ったからである。ご信頼してくださったのだ、勿体なくも有り難いことだとの思いである。

「御三家並びに諸大名へも台命を下し、再応衆議の上言上あるべし」との勅答には、閣老、将軍家定、皆驚き対応に苦慮したという。ただ、正睦の書状もあり、

「此上は一応形式上諸侯を招集の上、条約締結の旨を奏上すべし」「叡慮《えいりょ》（天子のお考え）に於いても戦争の思召し之無き上は、条約御取むすびに相成り候方、当今御良薬と存じ奉り候」と、幕府の責任調印の声が強かったという。

四月二十日江戸に帰着。翌二十一日将軍家定に報告した。二十四日、正睦はハリスを自邸に招き、帰府の遅れを詫びた。

「何とも申し訳ない次第となったが、かくなる上は幕府の対応が決まるまで、暫く調印はお待ちいただくよりほかござらん」

例によってハリスの激しい声が飛んでくるかと思ったが、京での思わしくない状況を耳にしていたのか、ハリスは仕方のないことですと、逆に正睦を慰めてくれた。二十六日、井上、岩瀬を交え協議の上、三カ月のご猶予をと七月二十七日まで延期が了承された。大統領ビアーズには文書で報告をというので、調印の延期と、亜米利加との条約調印後でなければ他国との条約調印はしないとの首席老中堀田正睦以下閣老署名の文書をハリスに手渡した。これで当面の時間を稼ぐことが出来る。ハリスは二十六日に将軍よりの大統領宛の文書を手にすると、翌日下田に引き揚げた。

この間幕府では仰天の人事が断行されていた。井伊掃部頭直弼《いいかもんのかみなおすけ》が大老に任命されたのだ。

二十四日、登城すると、備中守か、と素っ気無い。大老は名ばかりで執務は老中が行っていたのに、井伊は上席に構え政務を次々とこなしてゆく。鵜殿、岩瀬、永井の目付の面々が抗議に訪れると、松平忠固が身分も弁《わきま》えず無礼であろうと応じた。正睦がとりなそうとすると、「井伊は員に備わるのみ」と、老中の一員にすぎないと応じた。さては忠固が井伊を担いだな。正睦が失脚したので、自らの身の振り方に敏感な忠固が、正睦から井伊に乗り換えたと悟ったのである。それにしても大老の任命は将軍家定である。赤坂駅で拝見した将軍家のお慰めのお言葉は何だったのだろうか。

その時、正睦ははっとした。勅許がならなかったご報告と力及ばなかったお詫びを申し上げた際、朝廷よりの口頭の勅旨、将軍継嗣に付き「英明、年長、人望」の三条件に叶うお方をと申し上げ、これは一橋慶喜様を継嗣にとの主上の思召しではないでしょうか、と、最後に申し上げると、家定は苛立ったように顔を右に二度振ると、足を踏み鳴らした。

井伊は慶喜の反対派、紀州徳川慶福を担いでいる。大奥は水戸嫌いだ。将軍も同じだから、慶喜の勢力が老中首座のわしも巻き込んでいると思い、それを防ぐ強力な手として井伊に目をつけたのか。正睦はこれから先を考えるのが恐ろしくなった。あれだけ親密だと思っていた井伊が、今は大老を笠に着て多忙を口実に正睦と話し合おうともしない。

恐れていた事が次々と執り行われた。五月に入り、これまで苦楽を共にし外交に当たってきた者たちが、左遷された。土岐頼旨が大番頭に任じられたのがその始めである。川路聖謨は何と西丸留守居に飛ばされてしまった。そして鵜殿民部少輔《しょうゆう》も駿河町奉行と、考えられない人事である。勅許を得られなかった責任はわしにあるとして、共に仕事をした彼等も責任を問われるだろうが、結果だけを咎めるのでなく、もう少し彼等の仕事ぶりと人物を見て欲しかった。井伊が実権を握ったのなら、自分と井伊との仲ではないか。彼等開国派官僚のことも、相談しながら決めてゆけると思ったのに情けない。彼等に本当に済まぬと詫びたいが、顔をあわせるのも辛い。

五月十四日、慶永の越前邸で日暮頃から事態の対策会合が開かれた。

「忠固は井伊と組んで僕を倒さんとしている。西城に南紀を立てたら、井伊をも倒し、己が大権を握らんとしているのだ。そしてこのわしは責められる事になる。幕府に対しては勅許をえられずその権威を落した罪、更には外国条約が違勅の罪、一橋ならずば西城も亦違勅。逃れようがない大罪だ」

嘆き沈んだ正睦は、夜を徹した会合の締めくくりに慶永に慰められて越前邸を後にした。

六月一日、御三家、両卿、溜間詰諸侯に、大老、老中よりお達しがなされた。

「御筋目の内より御養君、遊ばさるべしと思召し候。追って表立ち仰せ出さるべく候へども、先ず御内意達し置仰せ出され候」

継嗣十三代将軍は御血筋ということで徳川家斉の孫、紀州徳川慶福に決まったのである。同時に御養君御用掛に堀田、御養君御用取り扱いに遠藤但馬守等が命じられた。正睦は将軍継嗣について態度を鮮明にせず「ごもっとも様」を貫いてきた。勅旨で慶喜と口にはしたが、決まった以上、まして将軍のご判断が下された以上言うべき言葉はない。御養君御用掛も喜んで務めましょうと素直に受けたものの、釈然としなかった。ただこのところ態度が冷たかった井伊が発言を求めたりしているので、これは井伊の自分に対する友情の印のお役かなと仰せ付ける井伊の顔を盗み見た。

五

六月十三日、ハリスより急報が齎された。アメリカ艦ミシシッピー号が下田に入港、英国は印度を征服、英仏両軍は清を破り有利な条約（天津条約）を結び、余勢を駆って連合艦隊を組織し日本に来航中との情報が齎されたという情報である。十五日には軍艦ポーハタン号に乗じた提督タトナーが下田に来航、同様のことを告げ、さらに露西亜のプチャーチンが明日下田に入港と伝えた。武力を手にした外国の軍艦が迫ってくるのだ。報せを聞いたハリスはポーハタン号に乗り、十七日、神奈川付近の小柴沖に投錨し、正睦に会見を迫ってきた。幕府は直ちに井上清直と岩瀬忠震を派遣、ハリスと折衝させた。ポーハタン号に二人を迎えたハリスは、

「英仏両国が多数の軍艦を率いて迫り、ロシアのプチャーチンも下田に来るという。この三国に迫られたら、いかに処置するか、これ余の切に憂慮するところである」

英仏二カ国が清国に在ることは、和蘭領事キュルシスより伝えられており、架空の脅しの話ではない。二人して沈痛な表情のハリスに尋ねた。

「由々しき大事である。これは如何に処置すべきや」と。

「道は唯一つ、速やかに我が条約に調印すること、これしかありません。かの二国は過大な要求をし、応じなければ武力を以って迫るでしょう。正に貴国の一大危機です。ただ若し今我が条約に調印すれば、米国は貴国と欧州との和親を保証する義務があります。余は力の及ぶ限り二国に過大な要求をしない様努めます」

二人はハリスの言うところを諒とし、一両日中に回答すると答え、江戸に引き返した。

十九日二人は大老及び閣老に報告し、相談の結果を言上した。

「使節の言うところ恫喝に似るが、自国の為より日本の為、憂えての言であると承った。いずれは調印すべき条約であることは方々御承知のことと存ずる。この危機に臨んでは、英仏来日の前に断然調

印することこそ我が国将来の国益に適うと存ずる」

井伊は直ちに老中、若年寄、寺社、勘定、町奉行を集めた最高会議を招集、対策を協議し意見を求めた。諸有司皆口を揃えて言う。

「英仏の軍艦数十隻が近海に迫るに及びやむを得ずの調印では我が国の威武が立ち申さず。またその要求は過大なるべし。ハリスの請いを許し英仏の機先を制することこそ禍患を未然に防ぐ道ならん」と。外事に疎い井伊は尚こだわって言う。

「天朝に伺わずんば調印は行いがたし」と。

「御道理に候」

答えたのは若年寄本多忠徳一人。外の諸有司は皆真に国家の利益になる道を選ぶべきだと主張した。

「京都に伺っている間に二国の軍艦が迫り来たらば、大変な事態になり申す。朝廷は国体を穢《けが》すべからずと仰せでございます。外患を招き国体を汚すことのないよう、断然調印を実行されることこそ真に国家の利益ならんや」と。

尚熟考をと言い放った井伊は席を立ち、御用部屋で更に閣老に意見を求めた。

「長袖連《ちょうしゅうれん》（公卿または僧侶をあざけって言う語）の鼻息をのみ窺《うかが》はば、公儀の権威何を以ってか立たん。関東の意見を以って速やかに断行せんに若かず」

声を挙げたのは松平伊賀守忠固である。誰も口を開かない。正睦も黙っていた。

「備中殿には如何存ぜられ候ぞ」

井伊が問いかけてきた。思いは一言で尽せない。伊賀守の後になど口にしたくない。しかし、責任

調印が最善の道との正睦の覚悟は揺るがない。日本の国を思いこれまでの苦難を思い、

「伊賀殿所存の通り」

言い切ったが、声がかすれているようだった。体中から汗が吹き出てきた。握り締めた両の拳の震えが止まらなかった。つと顔を上げると、一人ひとり確かめていた井伊と目が合った。いいな、然り、と頷くと、「聞いた通りだ。断然調印だが」

井伊は招いた井上、岩瀬に尚も告げた。

「天朝へ伺い済みとなるまで、引き伸ばすよう取り計らうべし」と。

「その儀は承知仕る。されども是非に及ばざる時は、調印するも可なりや」

井上清直が問い直した。目を瞑《つむ》り黙考しばし、井伊は声を強めて命じた。

「その時は余儀なしと雖も、成る可く尽力すべし」と。

直ちに将軍に言上してその裁可を受け、井伊は二人を神奈川に向かわせた。

調印の言質《げんち》（後日の証拠となる約束の言葉）を得たと意気込んだ井上は十九日深更にポーハタン号に到着した。タトナー提督は日没後は控える礼砲を十七発発し歓迎した。二人はハリスと会見、先ず大老の意を受けて七月二十八日までの期限延長を申し立てた。ハリスは、貴国の不利を未然に防ぎたいとのそれがしの老婆心に外ならず。下田で待つも可なりと答えた。

予期した答えに岩瀬は態度を改めた。

「若し貴使にして英仏連合艦隊来航するも、日米通商条約以外の要求をなさざるべきを保証し、若し万一苛重なる要求をなせる場合は、貴使起ってその調停緩和に努めんことを我が閣老に通告せられん

か、我等は今日直ちに日米条約に調印すべし」

今ここで調印しないかと、岩瀬が迫った。ハリスは英仏は日米条約の内容に満足し、これ以上の苛重な要求をしないと信じてはいるが、

「若し右二国と日本との間に、困難な問題が生ずることあらば、余は友誼上調停者として、これが解決に力むべき旨を閣老に通告せん」

二人が之を承諾すると、ハリスは書面を認め二人に交付した。書面を携えて船に持ち帰り通詞に翻訳させ内容を確かめると、二人はポーハタン号に引き返した。

日米修好通商条約の調印が終了したのは、六月十九日夜丑の下刻（二十日午前二時過ぎ）。夜未だ明けず、蒼茫《そうぼう》（見渡す限り青々と広い）とした艦上にタトナー提督は日米両国国旗を掲げ、二十一発の祝砲を放った。

直ちに江戸に帰った二人は閣老に報告し、翌日井伊はそれを家定に言上した。

朝廷への報告は二十一日、宿次《しゆくつぎ》（人馬を継ぎ変えて宿駅から宿駅に人や荷物を送ること）奉書（上意を報じて下す命令の文書）を以ってなされた。大老は署名しない慣例により正睦以下老中五名のみが連署、宛先は二人の伝奏広橋、万里小路両名である。

事前にお知らせしお許しを得るべきだったが、英米仏露の軍艦数十隻が来航しており、「万々一清国の覆轍を踏み候様の儀出来り候ては、容易ならざる御儀に付、井上信濃守、岩瀬肥後守、神奈川において調印、使節へ相渡し候。誠に無拠所《よんどころな》き御場合《おんばあい》に付、右様の御取り計らいには相成り候」との報告となった。

叡慮を安んじられるようにとの将軍の思召しにより、報告には京都大坂等の警備を西国中国の大名に命じたと併記されていた。

二十二日、井伊は諸侯を殿中に召し集め、老中久世広周《くぜひろちか》から、調印を行ったこと、そのやむを得なかったことを通達させた。内容は朝廷への奉書と同じである。

この日登城した正睦は、

「思召し之ある間、登城差し止め候様、上意に御座候」

と出仕差し止めとなった。松平伊賀守忠固にも同じ処分が下された。御養君御用掛を仰せ付けられたばかりというのにこの仕打ちとは。釈然としなかった正睦だったが、井伊の仕業であることは明らかである。罷免の予告であろう。二人共断乎調印を主張した。之をもって井伊は異勅の罪を二人に負わせようとしたのではないか。そう思うと納得がゆくが。やむを得ざれば調印も可なりと許諾したのは井伊だったではないか。わしも条約調印で覚悟の違勅だが、井伊もその責任をまぬかれないだろうに。我等にそれを転嫁したのか。

二十三日、出仕差し止めの二人に御役御免、帝鑑間詰が仰せ付けられ、太田備後守、間部下総守、松平和泉守が老中に任ぜられた。

井伊の取り巻きで固めたな。調印も終わり慶福継嗣となったからには、我等も一橋派も水戸も危ういなと、正睦は共に苦労した面々のこれからを気遣った。

六

違勅を非難する水戸や諸侯たちの動きもかわされ、奉書に逆鱗《げきりん》した天皇より、三家大老の中より上京すべしとの折紙《おりがみ》（奉書などを二つに折ったもの）が幕府に送られると、これを斉昭の内奏によるとした井伊は処分の意志を固め、安政の大獄が始まり多くの者が処分され、死罪となった者も多数に上った。七月五日家定が薨じた。三十五歳。後は六月二十五日に正式に継嗣となっていた慶福が次いだ。十四代将軍家茂である。

正睦が懸命に取り組んだ日米修好通商条約は、勅許が得られなかったため、「安政の仮条約」と称されたが、開国貿易を迫っていたほかの国々とも同様の内容で締結された。日蘭、日露、日英の修好通商条約が七月に、日仏は九月に、外交専任に組織替となった外国奉行の手で日米修好通商条約と同内容のものが締結された。奉行となっていた岩瀬忠震と永井尚志は、調印に携わったが、それを待っていたかのように、九月五日、井伊によって致仕蟄居を命じられた。翌安政六年七月には水戸の斉昭、尾張の慶勝の御三家、越前の慶永等が致仕、登城停止等の処分を受けた。

正睦は九月六日幕府より致仕の内命を受け、家督を嗣子正倫《まさとも》に譲った。井伊は正睦と忠固に違勅の責任を負わせ、更に水戸を中心とした己の反対者を容赦なく処分している。違勅の罪は潔く受けよう。しかし多くの者に死罪を下す井伊のやり方は度を越している。

「見山」と号し悟ったような日々を送っていたが、正睦の心は理不尽な処置に対する憤りで一杯だった。しかし如何ともし難い。覚えず深酒に酔いしれた。酔いに溺れ、奥の女たちに当たったり戯れたり追い掛け回したりもした。覚めた後、気分は晴れず自分が惨めだった。吉田松陰や橋本左内のような意欲に満ちた若者たちまでが処刑されたと聞いて、あの友人井伊はどこに消えたか、情けないとも思った。井伊の本心は斯くの如くだったのか、不覚だった。自らの至らなさを責め、手立てをと思い巡らせるが、致仕の身では何も出来ない。岩瀬らさえ助けられないことが情けなかった。

開国後の外国との取り組みをと期待していたであろう佐藤泰然は、正睦が実権を失ったと知ると、がっかりしたのだろう。井伊のやり口を非難し、正睦を慰めてくれた。しかし猛威を振う井伊の勢いに水野の復讐を恐れた昔を思い出したのか、家督を養子の尚中《たかなか》に譲り、異人で賑わう横浜に去ってしまった。かくてやり場のない気分で荒れる正睦を慰め、共に処分を嘆き憤慨していた謙映院の勧めで、正睦は下屋敷の母芳妙院のそばに暮らすこととした。

下屋敷はいつも正睦を温かく迎えてくれる。七十二歳の母芳妙院は斧太郎を相手に昔のように畑で野菜作りをし、丹精込めて菊を作っていた。正睦も手伝うと、手渡した茄子の実を「左源治様」と呼んで嬉しそうに駕篭に入れている。母手作りの夕食を差し向かいで食べると、「お鉞」とあたかも傍にいるかのように話しかける。母にはお鉞が見えているのだろう。無邪気な笑顔が輝き、白髪が過ぎ去った年月を忍ばせる。昔のままの雑木林を歩くと足元の木の葉が舞う。見上げると陽に照り映える紅葉の奥に柿の実がポツンと青空を染めている。銀杏の大樹の彼方の雪を頂いた富士も、海を隔てて変わらぬ姿で迎えてくれる。正睦は少しずつ心のしこりが溶けていくのを感じた。ぼけてとんちんかんもある母との生活は、日々の仕事に追われていた正睦に、見失っていた何か大切なものがこんなにも近くにあったと気付かせてくれた。何気ない平凡な、しかし充ち足りた日々が過ぎていった。

だが心豊かな日々は長くは続かなかった。左源治と暮らして楽しいとはしゃいでいた芳妙院は、急な冷え込みに風邪をひき高熱を発し、あっけなく死んでしまった。七十二歳だったが、体は丈夫だったのでこんなに早いとは思わなかった。母のお陰で思いがけない珠玉の日々を頂いたな。やはり自分は老中などより田舎のちっぽけな藩の部屋住みが似合うのだろう。

年が明けた万延元年（一八六〇）一月、日米修好通商条約批准書交換に、訪米使節が派遣された。ハリスを「至福この上なし」と感激させた岩瀬の申し出の実現だ。正使は条約締結のポーハタン号に乗船という。日本人操船による太平洋横断となる随行艦は幕府が和蘭から購入した「咸臨丸」になったそうだ。始めは和蘭から幕府に贈呈された「観光丸」だったが、新造の「咸臨丸」の方が荒波の太平洋では安全と、小柴沖と同じ提督タトナーの忠告に軍艦奉行井上が応じての変更だったという。大嵐にも遭い、「観光丸」だったら危なかったという話を後で聞いた。金銀交換比率や物価騰貴といった問題はあるが、ハリスといいタトナーといい、日本を思ってくれる人との出会いは有り難い話だ。

三月三日、井伊掃部頭が桜田門外で襲われた。水戸には恨まれていたとは思うが、力には力では際限がない。自分は武力でなく対等に話し合いで開国貿易の道を選んだが、井伊のやり口は英仏が清国や印度を武力で従わせたように、力で有無を言わせず押し通し、多くの血を流した。もっとやりようがあっただろうに。一時は心を許す仲だっただけに残念なことだ。七月には、岩瀬が急死したとの報せがあった。これは辛かった。何であの男が不遇のまま、逝ってしまったのか。井伊の時は涙が出なかったが、岩瀬の時は涙を抑えることが出来なかった。

「妾も口惜しく辛くてなりませんが、御前様にはまだお仕事があるではないですか。老け込むのはまだ早いですよ」

謙映院にそそのかされて手をつけたのが藩の財政改革である。正倫はまだ幼い。道筋だけでもつけてやらねば。多額の債務は利息負担を減じ、三十年、五十年の長期とし、蔵元を廃し、藩内の豪農や豪商に債務を肩代わりさせたりもした。後は皆に任せ、正倫を支えてくれと頼むより仕方あるまい。

文久三年（一八六三）五月、正睦は佐倉に引き移った。前年将軍後見役の徳川慶喜に蟄居を命じられており、持病の脚気が悪化したからでもある。久しぶりの佐倉では江戸の気ぜわしさから離れることが出来た。城を取り巻く鹿島川や広がる田園風景、印旛沼と彼方の筑波山が心を安らげてくれた。かくて謙映院や伊久、正倫、荒井安治たちに囲まれ、気儘な日々を過ごすことが出来た。

謙映院が具合が悪いと寝込んだのが十二月、順天堂の尚中たちに手当もさせたが、十七日に還らぬ人となった。五十九歳ではないか、早すぎる。何かと相談し、頼りにしていたのに。まだまだ語り合いたいことが山ほどあったのに。正睦は謙映院が残していった言葉を思い出す度に胸が熱くなる。

「正愛様に嫁いだ頃の夢は、正愛様が幕閣でご活躍なさること、そのお手伝いをすることでした。その夢は正睦様によって叶えられました。そして大事にもしていただきました。締めくくりは辛いものとなりましたけれどこれも運命ですから。有難うございました」

謙映院はこう言うと、涙を拭って笑顔になった。そして正睦の手を握り締めると、

「正睦様のお仕事を手伝わせていただき幸せでした。ささやかな妾の人生でしたが、悔いはありません」と言い残してくれた。先に逝かれ辛かったけれど、この言葉に救われた。苦楽を共にした心の友

の本音を聞けたからである。

正睦がまた思い出すのは、青葉が目に沁みる頃、不昧流の父からという秘蔵の茶器で点てた茶を頂いた時の言葉である。幕府からも朝廷からも咎められた。蘭癖などと嘲笑われて。佐倉の片田舎にひっそりとしていた方が、ご厄介のままでいた方が良かったかもしれない、と口にすると、

「正睦様は世のため人のために立派なお仕事をなさいました。戦をせずにこの日本を世界に船出させました。これからの日本を支える子供たちも育てました。江戸屋敷で手塚律蔵に英語を講じさせもしました。『蘭癖』いいではないですか。蘭癖を生き抜くことこそ、正睦様が正睦様らしく生きた証です」

そう言ってくれた。あれは嬉しい言葉だった。

元治元年（一八六四）三月二十一日、堀田正睦は、佐倉城内松山御殿にて五十五年の生涯を閉じた。墓所は堀田家菩提寺甚大寺である。母妙法院も謙映院もここに眠っている。

慶応元年（一八六五）十一月四日、修好条約は勅許となった。兵庫開港は行わないとの但し書きがあった。兵庫開港にも勅許が下りたのは、慶応三年五月、十五代将軍徳川慶喜の朝廷への圧力の下でのことである。これにより各国との修好通商条約は、〈仮条約〉から名実共に日本と各国との正式の条約となったのである。


（了）

編集部註／作品中に一部差別用語とされている表現が含まれていますが、作品の舞台となる時代を忠実に描写するために敢えて使用しております。

【著者紹介】

鈴木　舜（すずき　しゅん）

昭和16年10月、江戸川区小岩に生まれる。3歳の時東京大空襲にあい、父の郷里成田に疎開。市立成田小・成田中卒、県立千葉高卒。東京大学経済学部卒。昭和41年、日本勧業銀行（現みずほ銀行）に入社するも、5年有余で退社。その後小・中・高生の受験進学指導塾を開設し、30年以上にわたり教鞭を執る。住所は成田市→佐倉市→津田沼に転居。健康上の理由から閉塾。現在執筆活動に専念する。

激動《げきどう》の幕末《ばくまつ》　蘭癖《らんぺき》が行《ゆ》く

2023年8月20日　第1刷発行

著　者 — 鈴木《すずき》　舜《しゅん》

発行者 — 佐藤　聡

発行所 — 株式会社 郁朋社《いくほうしゃ》

〒101-0061　東京都千代田区神田三崎町 2-20-4
電　話　03（3234）8923（代表）
ＦＡＸ　03（3234）3948
振　替　00160-5-100328

印刷·製本 — 日本ハイコム株式会社

落丁、乱丁本はお取り替え致します。

郁朋社ホームページアドレス　http://www.ikuhousha.com
この本に関するご意見・ご感想をメールでお寄せいただく際は、
comment@ikuhousha.com　までお願い致します。

 ISBN978-4-87302-794-4 C0093